小学館文庫

書くインタビュー1

佐藤正午
聞き手　伊藤ことこ　東根ユミ

小学館

書くインタビュー❶

目次

I 喧嘩うってるのか

II 低調

III Re：小説の舞台

IV 中らずと雖も遠からず

I

喧嘩うってるのか

件名：はじめましての私がいます。

001
2009/06/10
11:35

佐藤正午さま

メールにてお初にお目にかかります。

ライターの伊藤ことこと申します。

このたびは作家生活25周年を迎えられ、おめでとうございます……と素直に伝えられない私がいます。このような「マスコミ特有」の物言いはいかがなものかと思いながらも、指が勝手に動いてしまう私がいます。


佐藤さん、疲れませんか。


来年でやっとライター稼業10周年を迎える私がいます。

もうへとへとな私がいます。

編集者の策略にはまり、本意でない質問を重ね、相手によそいきの言葉で喋《しゃべ》らせる。

こういうやくざな仕事はお互いにとって不幸だし、読者に対しても失礼なのではないか。

そんな疑問に10年近くつきまとわれている私がいます。

佐藤さん、疲れませんか。

リフレインせずにはいられない私がいます。

002
2009/06/11
01:03

件名：だいじょうぶですか

どうも。

佐藤正午です。

それが最初の質問ですか。

佐藤さん、疲れませんか？

べつに疲れませんけど。

今朝は早起きして、佐世保駅まで行って、7月に出版される長編小説の校正刷りを、校正刷りに赤を入れたものを宅配便で送ってきました。往復タクシーに乗りましたが、歩くのがいやだったわけじゃなくて激しい雨が降っていたからです。昨日から梅雨入りだそうです。東京はどうなのでしょう。宅配便の会社に電話してうちまで集荷にきてもらおうかとも思ったのですが、なんとなく、そういう無精をしていると本が出たとき良くないことが起きそうな気がして、あえて駅まで出むきました。縁起をかつぎました。疲れていない証拠です。疲れていたら雨のなか業者のひとを呼びつけたと思います。

松信軒《しょうきけん》の駅弁を買って帰宅して、曇天の富山で開催されている競輪をテレビで見て、ネット投票で賭《か》けて、口座残高をすこし増やしました。ひきつづき夜は松戸のナイター競輪やって、またすこし儲《もう》かりました。早起きは三文の徳ということでしょうか。たとえが古いですか。いま夜中の零時を過ぎたところです。まだ疲れてません。

いただいたメールの内容、よく意味がわからないんですが、「編集者の策略にはまり、本意でない質問を重ね、相手によそいきの言葉で喋らせる」とは要するに今回のこれをふくめたインタビューの仕事をさしているのでしょうか。僕が思うに、どんなインタビューでも作家はよそいきの言葉で喋るものじゃないでしょうか。よそいきの言葉というなら小説だってよそいきの言葉で書いているのではないでしょうか。見ず知らずのひとに読んでもらうわけですから、ふだん使っている言葉ですませるわけにはいきません。僕は長年佐世保に住んでその土地の言葉を使って暮らしています。普段着の言葉で喋ったり書いたりしたら、たいがいのひとには翻訳が必要になると思いますよ。

まあ、そんなことより、なにより、伊藤ことこさん、だいじょうぶですか。

ここは伊藤ことこさんにというより編集部にむけて問いかけているのですが、このひと、だいじょうぶですか。「来年でやっとライター稼業10周年」なのに「もうへとへとな私」がいるらしいですよ。いったい何があったのでしょう。どんな悩みをかかえておられるのでしょう。このさきメールで長々とインタビューをしていくという仕事の、第1信がこれですよ。会ったこともなければ名前を聞くのもはじめてのひとから、いきなり泣き言めいたメールを貰《もら》っても僕は困ります。どこで見つけてきたのか知りませんが、このひと心配です。今後の展開もおおいに心配です。伊藤ことこさんのこころが病んでいないことを祈るのみです。


では、まともな第2信が届くことを期待して今夜はやすみます。

ひと仕事終わったので、長編小説の再校が出るまで余裕しゃくしゃくです。

明日は雨があがったら烏帽子岳《えぼしだけ》に合唱団仲間とハイキングに行きます。みんなで「♪おおブレネリ」を歌います。冗談です。

朝起きてからやること考えます。

003
2009/06/13
18:35

件名：私はだいじょうぶです

こんにちは。

伊藤ことこです。

佐藤さん、疲れませんか？


これが最初の質問なんて。この前の私はどうかしてました。

ご心配おかけして申し訳ありません。

きょうの私はどうかしていません。多分これからも。


東京が梅雨入りした6月10日。佐藤さんにメールを送ったあと、5時間ばかり寝ました。

起きてから『呪いの解き方』という本を熟読。そのあと、本に書いてあるとおり、自分の名前を3回唱え汚れたお手洗いを掃除しお風呂に入ったら、なんだかすっきり。

呪いが解けたのでしょうか。ベッドに入る前は「死にたい」と思っていたのに。

あれからずっと余裕しゃくしゃくです。

余裕しゃくしゃくではあるけれど、ロングインタビューの第1信になんというメールを送ってしまったのだろうと深く反省しております。

「編集者の策略にはまり、本意でない質問を重ね、相手によそいきの言葉で喋らせる」というのは、今回のインタビューをさしているのではありません。

ごめんなさい。へとへとなときはろくな文章を書かないものです。

余裕しゃくしゃくになったところで、書き改めるならば、「編集者に言われるままに、予定調和な質問を重ね、相手に型通りの言葉で喋らせる」です。

かつて私はへとへとになったとき、こういうインタビューを何度かしてしまいました。

今回はそういうものにならないようにしたいと思っております。

どうして私がこのインタビューを仰せつかったのかは謎です。

思いあたることがあるとすれば、編集のOさんに神保町でナンパされたことぐらい。

狙《ねら》われているのかもしれません。

ともあれ、私はだいじょうぶです。だいじょうぶな気がします。私の悩み。その核心がなんなのかもインタビューを仰せつかったことと同じくらい謎です。

朝起きたら、からだがずっしり重く、もうなにもかもダメだと思ってしまうことがあるのです。

でも、またへとへとになったとしても復活するでしょう。思えばこの「へとへと」と「しゃくしゃく」の間をいったりきたりの9年間でした。

佐藤さん、いまはお疲れではないようですが、「へとへと」になったとき、どのようにして「しゃくしゃく」へと復活するのですか。

空がどんよりしてきました。ひと雨きそうです。雨ニモ負ケズ、私は婚活のため合コンに行ってまいります。35歳ですもの。がんばらなくちゃ。余裕しゃくしゃくな証拠です。

004
2009/06/15
18:33

件名：ああそうですか。

ああそうですか。

としか返事のしようがありません。ああそうですか、よかったじゃないですか、死なずにすんで。婚活もできて。あとはあくびをかみ殺すだけです。前回は第1信にしては馴《な》れ馴れしくて多少気味が悪かったですが、今回はぜんたいに退屈でした。気味悪くても退屈でも読まないことには返事が書けないのがつらいとこです。今回とくに「『呪いの解き方』という本を熟読」のくだりは余計に見えました。書かずもがな、です。本来インタビューする立場にある人間が、この場で小説家にむかって作り話を書いてみせるというのは、いい度胸してるとは思いますが、だったらもうすこし気合い入れて、面白がらせてほしいと思います。

かつてへとへとになったときに何度かしていたという「予定調和な質問」、予定調和という言葉を知らないので、これがどういった質問をさすのか僕には意味が通じません。僕以外の読者に通じるかどうかもわかりません。作り話を書くならここでしょう。せめてここでエピソードを披露するべきです。予定調和の意味をかみくだいて伝えるためにも、かつて実際にした（もしくはそれに類した）予定調和な質問をひとつ、書いてみせて、型通りの言葉で喋らされた相手の回答も紹介して、できれば読者の笑いを誘うなり顰蹙《ひんしゅく》を買うなりして、心をつかんでおくべきです。

書いてみたらどうでしょう。たとえばこういう質問、それにたいするこういう回答、という例をあげて教えてくれませんか。実例でもかまいません。出版社や作家の実名をあげてもかまいません。今回のインタビューが「そういうものにならないようにしたい」と本気で思っておられるのなら、さらっとやってみせてください。それくらいしてもらわないと信用できません。ここはふたたび編集部にむけて断っておきますが、このひとまだ信用できません。

質問　佐藤さん、いまはお疲れではないようですが、「へとへと」になったとき、どのようにして「しゃくしゃく」へと復活するのですか？

回答　仕事で「へとへと」になったときは焼酎を飲んで、毎月送られてくる雑誌に目を通します。てきとうに一冊選んでそこに載ってる同業者の小説を読んで、このくらいなら俺は酔ってても書ける、と自信を取り戻します。あとSEXで「へとへと」になったときには翌朝ユンケルを飲みます。想像つかないかと思いますが、僕の年齢でSEXするとほんとに「へとへと」になるんですよ。

こんな感じでどうぞ。

で、そこから話を先へすすめましょう。

005
2009/06/23
19:24

件名：これからです

了解しました。

それでは予定調和な質問とその回答例を書かせていただきます。

たとえば、ある雑誌で男性作家に取材をするとします。対象読者は中年男性。その前の打ち合わせ段階で、編集者がその作家の本のコピーの赤枠で囲んだところを指差しながら私に言います。「今回のテーマは『人生の壁の乗り越え方』ですから。この辺のことをうまく聞き出せるといいですね」

そうして「へとへと」になっている私は機械的に編集者の指し示した箇所を聞き出す質問をするのです。

質問　○○さんは長編小説『××』を書かれるとき、途中で何度も気持ちがくじけかけたそうですね。

回答（質問を終える前に向こうから）そうなんです。気持ちがくじけそうになるのはどんな小説を書いているときにも必ずあることなので、小説家の年中行事といえば年中行事なんですが、でも『××』の場合は特別でした。なにしろ自分がもう若くないことを自覚して初めて取り組んだ小説でしたから。

質問　その気持ちをどうやって立て直されたのですか。

回答（聞かれ慣れ、答え慣れている感じで）エアロスミスを聴きました。ここまでかもしれない、これ以上先へはいけないかもしれない。そんな弱気の虫にとりつかれながらも毎朝ベッドを降りるとエアロスミスを聴き続けたんです。そしてエアロスミスの力を借りて気力をふるいおこしワープロのキイを叩《たた》き続けました。

質問　毎朝……ですか。

回答　そう、毎朝。そうすると、コーヒーを沸かして机に向かいタバコに火をつける頃にちょうど『The Other Side』という曲が流れるんですよ。そうなるように時間を調整しているわけでもないのに。毎朝、そのタイミングでその曲が、テイク・ミー・トゥー・ジ・アザー・サイドという歌詞が聴こえてくるんです。その繰り返しが次第にある種の効果を僕にもたらすようになったんです。

質問　ある種の効果といいますと？

回答　ここから向こうへ、この退屈な現実からいま書いている小説の世界へ、境界線をひとまたぎに跳び越えてしまう魔法の薬のような効果です。そうやってエアロスミスの力を借りて僕は『××』を書き上げることができたと言っても決して言いすぎにはならないと思います。だから僕はエアロスミスに感謝していますね。

というわけで、今回の質問です。

──佐藤さんは小説を書いていく中で壁にぶつかったことがあるのでしょうか。あった場合、どのようにそれを乗り越えてこられたのでしょうか。

006
2009/06/24
14:13

件名：喧嘩うってるのか

なんか鬱陶《うっとう》しいです。届いたメールも今日の天気も。
今朝も激しい雨でした。終日雨でした。午前中、こないだ言ってた長編小説の再校ゲラに最終的に手をくわえたものを、宅配便の業者のひとを呼んで取りに来てもらいました。出版社からこっちへ送るさい、手違いで沖縄まで行ってしまったらしく、そのせいで予定より届くのが遅れて、スケジュールが押してしまったので、特別便で1日でも早く送り返すようにしてくださいと編集者から注文があり、業者のひとに電話して、事情を説明して、そういうふうにしてもらいました。これはべつにメールの返信として書いてるわけではありません。なにか書かないとかっこうがつかないので書いてるだけで、ほかに書くことも思いつきません。

1日たちました。今朝は雨はやみました。

ここからは編集部にむけて書きます。なぜ鬱陶しいのか、説明しておきます。メールにあった「質問とその回答例」のうち、作家の回答例には僕がかつて書いたエッセイが使われています。「エアロスミス効果」と題した文章です。本文を切り貼りして回答例が書かれています。切り貼りして、茶化してあります。茶化したほうは、もしかしたら気のきいたことをやったつもりなのかもしれないけれど、茶化されたほうはたんに不愉快です。今回のインタビューが「そういうものにならないようにしたい」と断ったうえでの、「そういうもの」の見本として僕の文章が使われているわけですから。

しかもそれがどこかほかで書かれているのなら見て見ぬふりもできますが、直接、僕へのメールとして送られてきているわけですから。ひとをなめてるのか、心が病んでいるか、どっちかしか考えられません。どっちにしてもこんなことを平気でやる人間を、インタビューの質問者として起用した編集部に強い不信感を持ちます。当人には最初から持っていました。こんなひとといっしょに仕事はできません。はやいうちにどうにかしてください。

007
2009/06/27
16:31

件名：何もうっていません

「喧嘩うってるのか」

うっていません。

私は誠実なるインタビューはうりにしたいですが、少なくとも喧嘩はうりたくないです。

「予定調和」という言葉をご説明しておきます。

予定調和とは「まあまあ、ここはひとつ、こらえて、こらえて。このへんで割り切ってまるくおさめましょう」といい加減な帳尻《ちょうじり》をつけることです。お互いにそらとぼけたまま、はぐらかしごっこをやって終わりにするということです。

そこからは何も生まれません。

佐藤さんのお気に召す回答を書き、正体不明の「信頼」を前提としたほがらかインタビューはそれこそ予定調和です。今回のインタビューは「そういうものにならないようにしたい」とは、つまりはそういうことです。

ご自分のエッセイがこのような形で引用されることで不愉快になったということ。申し訳ありません。

しかし、もしも私が他の作家の作品やインタビュー内容を引用したら、どのように思われたのでしょうか。第4信で佐藤さんは「出版社や作家の実名をあげてもかまいません」と書かれました。このインタビューに関係のない出版社や作家の実名をあげるのは適切ではないと思い、佐藤さんのエッセイを「顰蹙を買う」覚悟で採用させていただきました。

数回のメールのやり取りのみで私を「ひとをなめてるのか、心が病んでいるか、どっちかしか考えられません」と断定なさるのですか。

これまでのやりとりを再読してみてください。

「あくびをかみ殺すだけです」、「退屈です」、「面白がらせてください」とのご託宣。それこそ佐藤さん一流の「茶化し」なのかもしれません。あるいは本当につまらないものだったのかもしれません。いずれにしても、言葉を受け取る側としてはあまり気持ちのよいものではありません。
佐藤さんの心が病んでいるとは思いませんが、「なめられている」ような気がしました。

編集サイドに逃げ込むことは禁じ手だと私は思います。
インタビューの場はあくまで対等であり、一対一の勝負ではないでしょうか。
この点について、佐藤さんのご意見を聞かせていただけますか。
もしかしたら、これが最後の質問になるかもしれませんが。

008
2009/06/29
15:40

件名：書くインタビュー

インタビューの場はあくまで対等であり、一対一の勝負ではないでしょうか、というのがそちらの主張なのですね？　その点について、僕の意見が聞きたいわけですね？　うっとうしいなあ。「インタビューの場はあくまで対等」？　これはどういう意味にとればいいのでしょう？　「一対一の勝負」もなんのことかわかりません。いったいなんの勝負をするんですか。

いちから説明しますか？

これは、直接会って言葉をやりとりするのではなくて、メールを用いたインタビューです。勝ち負けとか関係ありません。インタビューはインタビューです。ただ、いっぱんの対面式のインタビューを「喋るインタビュー」だとすると、今回やろうとしているのは「書くインタビュー」です。

喋ることと書くこと、両者の違いは明らかなので、はじまりから自然に、というか必然に、つまりそちらがひとりで「そういうものにならないようにしたい」と先走らなくても、そういうものにはならない可能性をはらんでいると思うのです。質問はべつに、予定調和でも何でも、いままでどおりでいいんじゃないでしょうか。いままでどおりに質問しようとしても、なかなかそうはいかない。こちらもいままでどおりに答えようとしても、そうはいかない。質問も回答も手間をかけて文章にしなければならないからです。

いままでやってこられたのはその場で、回答者が即興で喋った言葉をメモするなり録音するなりして、あとから質問者が文章に起こすという形式のインタビューでしょう？　でもこれは違います。回答者が質問文を読んだあと、必要なだけ時間をかけて自分で文章を書くし、もちろん質問者も時間をかけて質問文を書くことができます。質問の内容よりもむしろ、その質問をどう書くか、どんな文章にするかにもっと注意を傾けてみてはどうでしょうか。そうすることで従来のインタビューとの違いがいやでも強調されるのではないでしょうか。直接顔を見てものを訊《たず》ねるのと、会ったこともない相手にメールを書いて質問するのとでは、質問内容は似たり寄ったりだとしても、言葉の選び方にそれなりの違いが表れるはずです。

つまり書くときには書くときの、第1信でもちょっとこのことに触れましたが、よそいきの言葉が必要になると思うのです。

たとえば喋るインタビューだとこうなると思います。

質問　最初にお断りしておきますが、予定調和な質問は今回はやめたいんですよ。

回答　ああそうですか。それはよろしいですね。でもちょっと待ってください。予定調和ってなんのことですか。

質問　失礼しました。では、まず予定調和という言葉の意味を説明しておきます。

でも書くインタビューだと、こういう聞き返しが難しくなります。わざわざ返信に書いたりすると揚げ足とりみたいに見えてしまう場合もあるでしょう。だから予定調和みたいな（そちらにとって普段着の）言葉は軽率に使わずに、この小説家にこのまま伝わるだろうか？　とあらかじめ心配する時間を取ってほしいんです。心配しながら書くと、おのずと最初からかみくだいた（いっぱんに通じる）よそいきの表現になって、聞き返しの手間がはぶけると思うのです。僕の本から（あるいは誰の本からでも）文章を引用するときにも、このひと自分で書いたものをぜんぶ憶《おぼ》えてるんだろうか？　このひと私が読んでいる本を知っているだろうか？　と怪しんでみたらどうでしょう。するとやはり、おのずと、引用文の出所《でどころ》にもねんのため触れておこうかという気になると思うのです。面倒くさがらずにそういうこともいちいち書いてほしいのです。

で、今回の質問、くりかえしますが僕には意味が伝わりません。インタビューの場はあくまで対等であり、とは、インタビューの場が何と対等だと言いたいのでしょうか。普段着の言葉をもうすこしよそいきに直してもらわないとわかりづらいです。あと、ものを書く仕事が、勝負などという言葉とは無縁だということもできれば知っておいて欲しいものです。以上、揚げ足とりに見えないことを祈ります。

009
2009/07/07
00:12

件名：七夕ですね

返信が大変遅くなってしまい申し訳ありません。

「書くインタビュー」。回答者である佐藤さんにきちんと言葉が届くよう、手間をかけて文章にすることは、当初考えていた以上に難しいです。これまでやってきた「喋るインタビュー」では、その場の空気や互いの表情やしぐさなどにずいぶん頼っていたのだなと痛感しています。

いただいたメールを何度も読み返してみました。

佐藤さんのおっしゃるように、質問の内容よりも、その質問をどう書くか、どんな文章にするかに注意を傾け、心配しながら、書いてみました。

そして、何日か寝かしてみました。

けれど、しばらく寝かして読んでみると、「なにか違う」と不安になるのです。一度心配しはじめると、きりがなく、私の場合、手間をかければかけるほど、ドツボにはまってしまうような気がします。ポイントが微妙にズレているのかもしれません。

そこで、ご相談です。３パターンばかり、質問を考えました。

すべてここに書くと、それこそ「うっとうしい」のではないかと思います。なので、タイトルのみ書いてみます。

この中から、いずれか選んでいただいてもよろしいでしょうか。
①「まだよそいきの言葉が使えません」
②「やっぱり対等でありたいのです」
③「結局、勝負ってなんでしょう」
これもまた最後の質問にならなければよいのですが。

010
2009/07/11
15:01

件名：電信柱

質問文です。なんべんも同じことを言わせないでくれませんか。はっきりさせておきます。なにがなんでも答えたい質問などこちらにはありません。僕はべつに誰かの質問に答えたくてうずうずしているわけではないのです。

質問があるのなら、タイトルじゃなくて質問文を書いてもらわないと。

よろしくないですね。


木曜に新刊の見本を持って編集者が佐世保に来てくれて、すこし遅くまで飲みました。こないだから校正刷りを直していた長編小説が早くも本になったのです。見せびらかしに行った先で、顔見知りの女性から「最近の正午さんて、電信柱みたいね」と指摘されました。本の話はわきにおいて、そういうことを言われました。新刊だろうと何だろうと本などに(僕の小説などに、というべきかもしれませんが)関心を持たないひとは佐世保にも大勢います。

彼女は僕の立ち姿をそう評したのです。わりと背が高くて、ひょろっと痩《や》せてて、おまけに最近髪を短くしているので、まるで電信柱が立っているように見えるのだそうです。木曜の夜いちばん印象に残ったのはその彼女の台詞《せりふ》でした。いつだっていちばん印象に残るのは女性の率直な批評です。なるほど、そうか、最近の僕は他人の目には電信柱が歩いているように見えるんだなと、おかげで自覚がめばえました。電信柱のおじさん、とすでに近所で噂されているのかもしれません。でもそんなことはどうでもいいんです。こないだ犬におしっこかけられてるとこ見たよ、とか近所のひとに陰で笑われててもかまいません。何が言いたいかというと、仮に、僕は電信柱のおじさんであることは認めても、誰かの質問に答えたくてうずうずしている作家では決してないということです。そんなに物好きでも、暇でもありません。

文章を書く以外の雑事はすべて秘書の照屋《てるや》くんにまかせてありますが、それでも毎日まいにち何事かがもちあがり、対処の報告を聞かされます。そのたびに気分はくるくる変わります。さっきも照屋くんが仕事場に来て、定額給付金の申請がまだなので急ぐようにと佐世保市から葉書が届いているとの報告と、日曜日の町内大清掃に参加の返事を町内会の理事さんに伝えておいたという報告と、午前中に宅配便が届いていたけど配達のひとが暗証番号を間違って不在連絡票にメモしていたらしく宅配ボックスが開かないという報告をしてくれました。今日は以上です、と言って帰ろうとするので、

「ご苦労様。ところで、変なこと訊《き》くけど、僕は電信柱に見える？」

「なんですか？」

「僕が立ってると電信柱に見えるというひとがいたんだけど、きみはどう思う？」

「ちょっと立ってみてもらえますか」と照屋くんが言うので僕は椅子から立ち上がってきをつけをしました。

「そうですね。そう言われて見ると、それっぽく見えないこともないですね」

想像してみてください。電信柱ぽく見えるおじさんです。僕はもうじき54になります。54年生きてきて、いまやひとに電信柱呼ばわりされる人生を送っています。そちらは35でしょう。僕にくらべれば小娘といっていい年齢でしょう。たしか前々回のメールに、僕に「なめられているような気がしました」と被害者ぶって書いてありましたが、そんな表現は成立しません。いいですか。「なめられている」とは、小娘にいいようにあしらわれたときに僕みたいなおじさんが使うべき言葉であって、小娘のほうに口にする権利はもともとないんです。小娘の辞書に「なめる」はあっても「なめ

られる」は載っていません。かわりに「目上をたてる」が載ってるはずです。そこんとこよく考えてみてください。

で、くるくる変わる僕のいまの気分はこうです。僕が言いたいのはこうです。定額給付金の申請もしなきゃいけないし、町内大清掃のための軍手も準備しなきゃいけないし、宅配ボックスの暗証番号もつきとめなければならない。小娘の遊びにつきあってる暇なんかないんだ。質問があるなら①でも②でも③でもいいからさっさと書いてみせろ。僕に訊きたいことがないならないでぜんぜんかまわないから、だったらこんな仕事は引き受けずに、フリーライターかなんか知らないがそっちの仕事に戻っていままでどおり喋るインタビューの文章起こしでもやってろ。

011
2009/07/17
19:58

件名：編集部よりお詫び

佐藤正午さま／および読者のみなさま

先日の「七夕ですね」以降、伊藤ことこさんからのメールがぷつりと途絶えました。編集部ではここ数日、伊藤さんにメールを送ったり、携帯の留守番電話にメッセージを残したりしました。まったく連絡がとれません。

長期間、メールのやりとりだけでインタビューするこの企画には、こうした不測の事態を招くおそれもありました。編集部としましてはもう少し伊藤ことこさんにがんばってもらいたかったのですが、やむをえません。

編集部で新たな聞き手を探し、インタビューのやりとりをつづけたいと考えております。聞き手がバトンタッチするという異例の事態に至り、佐藤正午さんおよび読者のみなさまに深くお詫《わ》び申し上げます。

件名：よろしくお願いいたします

佐藤正午さま

012
2009/08/17
19:40

突然のメール失礼いたします。

ロングインタビューの聞き手を引き継ぐことになりました、ライターの東根ユミと申します。

聞き手の途中交代や、佐藤さんにいちどもお会いせずメールだけで長期間やりとりすることに正直戸惑いや不安もあります。「書くインタビュー」ならではの〝よそいきの言葉〟を使って、うまく質問文を書き繋《つな》いでいけるかどうか考えただけでも緊張してしまいます。それでも、これから佐藤さんに精いっぱいメールを書き、書き直し、送信していきます。どうぞよろしくお願いいたします。

さっそくですが、最新の長編小説『身の上話』について、いくつかおうかがいしたいことがあります。

ちなみに件名「電信柱」（✉010）で書かれていた、編集者が佐世保に持って来てくれた「新刊」というのは、『身の上話』のことでしょうか？

刊行からちょうどひと月が経《た》ちました。

このタイミングで、小説家の佐藤正午さんにインタビューをする（たとえば私のような）ライターとしましては、最新作のことからお話をうかがうのが、自然の成り行きのような気がします（成り行きに任せてみます）。

まず、この作品を書こうと思われた動機をお聞きしたいです。じっさい書きはじめられる前に、次作はこんな内容の小説に取り組もう、こんどはこんな作品を書こうと思われた、ご執筆のきっかけになるようなことが何かございましたら、お聞かせ願えませんか？

013
2009/08/21
13:13

件名：身の上話

東根ユミさま

『身の上話』は実話がもとになっています。

冒頭ちかくに駆け落ちのエピソードがありますが、これは知人が聞かせてくれた昔話を頭において書きました。

知人というのは僕と同年輩の女性で、彼女は若いころ遠距離恋愛をしていました。

東京にいる彼が仕事の休みがとれたときに佐世保に戻って来て1年に何回か会う、あとは電話で声をきくだけ、という恋愛です。

あるとき、お盆休みだか正月休みだかに帰省した彼と何日かを過ごし、いつものように空港まで見送りに行きます。でもその日はなぜか別れづらくなって、わがままを言って羽田行きの飛行機に乗ってしまった。荷物も持たずに、着の身着のまま。で、いっしょに東京へ行き、彼の部屋に転がりこみ、そのまま居着いてずるずる数年が経つ。数年のあいだに結婚して、離婚して、結局彼女は佐世保に舞い戻ることになる。そういう話です。

この話を聞いたとき僕は「そんな突飛な行動をとるひともいるのか」と驚きました。ひとが故郷を離れて遠くへ行くには、まず旅行とか出張とか就職とか大学進学とか、あたりまえの理由があるだろうし、たとえ家出とか駆け落ちとか夜逃げとかあたりまえじゃない理由があるにしても、まえもっての計画／将来への見通しが必要だと頭が固く思い込んでいたからです。

でもある瞬間に、東京に行こう、と気まぐれを起こして、さきを考えず（人生を左右するような）行動を起こしてしまうひともいる。驚きました。ただし驚いたのは半分くらいで、矛盾するようですが、残りの半分くらいは「これはいかにもありそうな話だな」とも思いました。意外性がある、いっぽうで、現実味もつたわる。要はこの話は面白いと思ったわけです。話を聞いてすぐにメモをとりました、頭のなかに。

このエピソードをひとつの種にして、もっと長い物語が書けないだろうかと考えはじめました。で、実際に第1章を書いたのが2006年の秋で、あとはなんというか、むにゃむにゃむにゃ、今年の5月に書きあがり7月に本になったのが長編小説『身の上話』です。まだ書店に並んで一と月くらいだし、これから手に取るかたもいらっしゃるかと思うので、ここでは、これ以上語るのはひかえておきます。

014
2009/08/24
18:02

件名：もう少し『身の上話』のお話を

先日はご返信ありがとうございました。

『身の上話』は実話がもとになっていると知り、正直なところ驚きました。「土手の柳は風まかせ」という性格の主人公・ミチルと同様に、東京へ帰る男性を空港まで見送りがてら、「荷物も持たずに、着の身着のまま」飛行機に乗ってしまう女性が、実際にいた、なんて。堅実な私には（相手がどんなにいいオトコでも）できないことです。でも（ここは、それゆえ、でしょうか？）この作品を読み進めているときは、ミチルの行く末が心配で心配で、いつのまにか彼女のことを昔から知っている友人のように思いながらページをめくりました。

先週土曜日には『身の上話』が、TV番組のブックコーナーでも取り上げられていました。佐藤さんのおっしゃるとおり、書店に並びはじめてまだひと月あまり、これから手に取る読者のみなさまもたくさんいらっしゃると思います。でも、もう少し『身の上話』のお話をうかがえないでしょうか。編集部に確認をとりましたところ、今後のやりとりが誌面に掲載されるのは、どんなに早くても10月下旬発売号以降になる、ということです、ダメですかね。

本インタビューが「小説のつくり方」をテーマにしていることを考えますと、「この（実話の）エピソードをひとつの種にして、もっと長い物語が書けないだろうか」と考えはじめた佐藤さんが、どのように種を育み、花を咲かせ、物語として実らせたのか、私は気になります。気になるのはきっと私だけではないはずです。実際『身の上話』を拝読したとき、佐藤さんのおっしゃる「実話」の部分よりもそのあと、つまりミチルが東京へ行ってからの部分に、私はハラハラドキドキさせられました。東京へ行くまでの部分にも「実話」にはないエッセンスが盛り込まれていると思います。もう少し『身の上話』のお話をうかがえないでしょうか？

追伸。一日早いですが、54歳のお誕生日おめでとうございます。

015
2009/08/27
12:37

件名：ほえ

かりに東根さんが「どのように種を育み、花を咲かせ、物語として実らせたのか、私は気になります」と面と向かってインタビューで発言されたとしますね、すると僕は、うわ、なんだこの合唱コンクールの課題曲の歌詞みたいな見え見えのお世辞は、と驚いて答える気がうせていたと思います。

メールでの質問だからまあ、このくらいの筆のすべりは許せるかな、という気がしますが、いずれにしても、3年かかってやっと書き上がったばかりの長編小説を話題にして、どのように？　などと大づかみに、というか無精に訊ねられたら、このように、と『身の上話』の単行本を差し出すしかありません。

ひとつの実話を冒頭に持ってきて、それにつなげて長い物語を書いた。と僕は事実をありのままにお答えしています。手の内をあかしたも同然です。

ついでに言えば、この10年くらいのあいだに『Y』『ジャンプ』『5』『アンダーリポート』そして『身の上話』と長編小説を書いてきましたが、そのどれもがおなじように「実話」をもとにしています。

『Y』について説明するとこうです。あれはいわゆる時間旅行者の物語です。ありえないことが起きるというファンタジーです。しかしやはり実話が出発点になっています。時間を過去にさかのぼって人生をやり直したひとを実際に知っているという意味ではなくて、できればそうしたいと望む人間が現実にいることをはっきり知っている、僕がそのひとりだ、というのがここで言っている「実話」です。

たとえば競輪でこてんぱんに負けます。翌朝、起きて働く気力もないくらいに。で、布団のなかでぐずぐず考える。昨日の競輪の結果がわかっているいまなら、いまこのまま昨日に戻れたら、負けを取り返すだけじゃなくて億万長者にもなれるのに。そういう夢想を僕はなんびゃっかいとなく繰り返してきた人間です。その夢想が入口になっています。

誰に何回言っても信じてもらえないのですが、『Y』は競輪で痛い目にあったという「実体験」がもとになった、そこから発想して書いた長い物語なのです。『Y』について語るとき、しばしば『リプレイ』というアメリカの有名な小説が引き合いに出されます。でも僕はその小説読んでいません。正確には『Y』を書き出したときには不勉強でそんな小説があることすら知りませんでした。書いている途中で、担当の編集者に教えられて、無視することはできないと判断して、じたばたして書き直した記憶があります。

僕の言いたいことは伝わっているでしょうか。『身の上話』は実話がもとになっていると知って驚いた、と東根さんは無邪気に書かれていますが、小説家にとっては、すくなくとも僕にとっては毎度のことなのです。どんな物語も、ここで言っている「実話」や「実体験」をもとにつくられます。それを種にして、丹精して育て、花を咲かせ、物語として実らせるのです。ほえ。

『ジャンプ』についても、『5』についても、『アンダーリポート』についても、ひとつひとつ種になった実話を紹介することができますが、長くなるので今回はやめておきます。ちなみに「ほえ」というのは感動詞です。おもに恥ずかしいものを読んだときや自分でつい書いてしまったとき用います。

016
2009/08/31
15:16

件名：種と宿題

パソコンの前で顔が火照《ほて》ってしまいました。佐藤さんに「ほえ」と言われたからです。言われてみれば、面と向かってするインタビューでは「どのように種を育み、花を咲かせ、物語として実らせたのか」なんて恥ずかしくて口にできません。できますかね。仮に佐藤さんとお会いして、万が一私の目が一瞬でハートマークになっちゃったら出てくる台詞かもしれません。上気した頭のまま何も考えられず、思わず口をついて出てくるような台詞です。でも（残念ながら）今回は違います。「書く」肩に見当違いなちからが入りすぎてしまいました。無精な訊ね方失礼いたしました。『ジャンプ』や『5』、『アンダーリポート』

の種になったという実話も（お世辞ではなく）興味しんしんです。この先、折に触れてお聞かせ願えればと思います。

今回は質問のアプローチを少し変えてみます。

「一つ一つのテーマというか、宿題みたいに自分で決めて『何々もの』というのを書いていこうと思いました。最初は現金強奪もので『取り扱い注意』を書きました。それからタイムスリップもので『Y』を書いて、失踪もので『ジャンプ』を書いてきました。この『5』という作品は、その『何々もの』でいうと超能力ものになります」

『5』を刊行された07年のインタビュー（「本の旅人」より抜粋）で佐藤さんはこう話されています。その後刊行された『アンダーリポート』も、もしかしたら「何々もの」という宿題があったのかもしれません。『身の上話』はいかがでしょう。突飛な行動をとった知人の、結果として小説家の種にされる「実話」のほかに、「何々もの」の宿題はありましたか？　主人公のミチルは、競輪でこてんぱんに負けた佐藤さんも夢想する億万長者になっていますが、これも宿題の一つか何かですか？

追伸。きのうは総選挙がありました。佐藤さんは投票とか行かれるのでしょうか。私の住む東京はただいま台風11号が接近中で、ゆうべからずっと雨です。

017
2009/09/03
17:30

件名：大まかな筋書き

いい質問ですね、という決まり文句を、皮肉をこめて、ではなくて、率直な驚きを表すために、このロングインタビューで使うチャンスが訪れるとは思いもしませんでした。もう二度とないかもしれないのでここで使っておきます。

とてもいい質問だと思います。総選挙の投票に行ったか？　というほうじゃなくて、その前の質問です。それがなぜいい質問なのか、いい質問だと僕が思うのか念のため説明しておくと、第1に、なにしろ前任者がひどかったのでふつうの質問でもよく見える、という理由があります。第2に、今回のメールに書かれた質問はふだん怠けて眠りっぱなしの記憶を揺り起こしてくれました。

はい、そのインタビューで喋ったことは憶えています。明確にお答えできます。「何々もの」でいうと『アンダーリポート』は交換殺人もの、『身の上話』は連続殺人ものになります。

なりますと言っても、それは僕が勝手にそう言ってるだけで、この「何々もの」とはもともと完成予定の小説のもやもやしたイメージみたいなものです。映画『未知との遭遇』でリチャード・ドレイファスが描くデビルズタワーの絵みたいなものです。絵じゃなくて模型でしたか。まあそのへんはどうでもいいです。いい質問のおかげで肝心なことを思い出しました。『身の上話』を書き出したときには、宝くじに当選した若い女性がつぎつぎに殺人を犯していく血なまぐさい物語に仕上げるつもりでした。まず駆け落ちした相手の男を殺してしまいます。その殺人現場を偶然目撃した人物を、つぎに殺すことになります。するとまたその殺人現場を不運にも誰かに見られ、その誰かを殺すはめになります。その誰かを殺すところをまたべつの誰かに見られ、あとは以下同文みたいな繰り返しになるのです。自分の身を守るため、宝くじの当選金を守るための、果てしない連続殺人です。極端な話、地球上に人類がいなくなる日までこの殺人は続きます。当初はそういう筋書きでいく予定でした。それがそうならなかったのは、たぶん、書く途中に1年ほど空白期間があったからです。

単行本巻末を見てもらえばわかりますが、この小説は雑誌連載がはじまって2回目でいちど中断しています。それからおよそ1年後に3回目からの連載を再開しました。その1年のあいだに考えが変わったのだと思います。心が冷えたのかもしれません。1年経てば、新鮮だったものもたいがい色あせてしまいますからね。当時は取り憑《つ》かれるように探し求めたデビルズタワーが、いまや家の窓から毎日見ている烏帽子岳どうぜんになっていたわけです。もののたとえです。で、連載再開後、デッサンをやり直して17回分書き継いでいまのかたちに落ち着きました。

そうでした。ほんとにすっかり忘れていました。『身の上話』は、もとは「連続殺人もの」という大まかな筋書きのもとに書き出した小説なのです。書き出したとき頭にあった大まかな筋書きと、じっさい書き上がった物語とは別物になっています。それはよくあることですか？　と訊いてみてください。これはよくあることではありません。書き出すときたてた大まかな筋書きを、いつもなら大事に扱って、これもたとえですが、遠くに見えているあの山に登るための道を探そう、という感じで文章を書いていきます。だいたいのところ、大まかな筋書きからはずれない小説ができあがります。でも今回はそうではありませんでした。途中で脇道を見つけて別の山に登ったような気がします。思い出したのはそれだけです。あともうひとつの質問に関しては、たまたまそばに秘書の照屋くんがいたので、どう思う？　と訊ねてみたところ、「総選挙？　正午さんが？」と短く聞き返されました。察してください。

018
2009/09/06
05:08

件名：おはようございます

いい質問ですね、なんていう言葉があると素直にそのまま受け取っていいものなのか、しばらく不安になりました。佐藤さんの表情を確認できないからだと思います。あと、次の質問がしづらくて困ります。

気を引き締めて質問をつづけます。

今回は『身の上話』の「大まかな筋書き」以前の話になるかと思います。

先日、ある小説を読みました。少し長くなりますが、その中に次のような場面がありました（いい質問、の縁起をかついで今回も引用形式にしてみます）。

「事務員が会社の同僚たちから宝くじを頼まれる」と私は頭の中を整理するために言った。「その事務員がお使いを済ませて、男を見送りに駅に寄り道する。ところが別れづらくなって、はずみで男と一緒に列車に乗ってしまう。もちろんそのときは頼まれた宝くじのことなんか忘れてるだろう。思い出すのは、東京に着いてしばらく経ってからのほうがいい。調べてみると、それがなんと一等賞に当たってる。ここまで話の流れに無理はないと思うんだ。こんな小説はつまらないかな？」

『New History 人の物語』というアンソロジーに収録されている「愛の力を敬え」というタイトルの短編小説です。著者には了解をとらず勝手に引用してしまいました。だいじょうぶでしょうか、問題ありませんでしょうか、著者の佐藤正午さん。

読者のみなさまのためにひと言補足をしておきますと、この作品の主人公の「私」は小説家、という設定で描かれています。

『身の上話』のあとにこの「愛の力を敬え」（註・のちに文庫『ダンスホール』に収録）を拝読して、びっくりしました。事務員を書店員に、駅をバスターミナルと空港に、列車をバスと飛行機に、それぞれ置き換えれば（「同僚たちから宝くじを頼まれる」「別れづらくなって、はずみで男と一緒に」「なんと一等賞に当たってる」などはそのまま）、引用部分がまるっきり『身の上話』の冒頭から数十ページ分の「話の流れ」に思えたからです。このアンソロジーが刊行されたのは2001年のこと。まるで5年後、佐藤さんご本人が長編小説『身の上話』のご執筆に取りかかるための覚え書きのひとつとして、「愛の力を敬え」の主人公は語っているようにさえ思えました。

雑誌連載の中断に関して「1年経てば、新鮮だったものもたいがい色あせてしまいます」と先日のメールに書かれていましたが、『身の上話』のご執筆には少なくとも5年以上色あせなかったなにかが、知人の「実話」の他にまだあるのではないでしょうか？　この短編小説の主人公が語っていることと「連続殺人もの」との繋がり（もしくは乖離《かいり》？）も興味が尽きません。

また佐藤さんのご記憶が目を覚ましてくれればいいのですが。もうすぐ夜が明けます、起きてください。

019
2009/09/10
12:54

件名：変態

最近気づいたら右腕の付け根のあたりがずきずき痛くて、その痛みが右腕全体に徐々に進行しつつあるような気がして、まだ仕事したり何かに気が逸《そ》れているときは忘れていられるし、思い出しても我慢できるていどの痛みですが、たとえばこの季節、汗をかいてシャワーを浴びるときなど困ります。Ｔシャツを脱ごうとしておなかの前で腕を交差させて裾《すそ》をつかんで持ち上げようとすると鋭い痛みが走ります。あ痛たた、と叫んでその場にしゃがみこんだりします。

痛いのがいやなので、Ｔシャツを脱がずにそのまま洗濯がてらシャワーを浴びたりしています。でもそうすると乾かすのが困難ですね。いまのシャワーのくだりは筆が滑りました。でもあ痛たたた、と叫んで床にしゃがみこんだりするのは事実です。Ｔシャツもまんぞくに脱げないのかと泣きたくなります。あるひとがそれは五十肩じゃないかというので、五十肩の症状がどんなものかよく知らないまま、そのネーミングと自分の年齢がぴったりなので言われたとたんそうに違いないと思って、ネットで治療法を調べてみたら、特に治療法はないようです。1年くらいたつと自然に痛みはひく、みたいなことが書いてある。治療のしようがない、その点、飛蚊症に似ています。ひぶんしょう、という単語、聞いたことがなければネットで検索してみてください。僕は両目とも飛蚊症なのですが、3年ほど前、左か右かに最初に症状が出たときびっくりして眼科に行ったら、治療法はないと医者にはっきり言われました。老化のしるしみたいなものだから、慣れるしかない。慣れるといま見えている黒い斑点《はんてん》や煤《すす》みたいなものは気にならなくなる。

で、じっさい飛蚊症のほうは慣れてしまいました。五十肩はまだですが、これがほんとに五十肩なら来年の今頃には慣れて気にならなくなっているでしょう。

そのときを想像して、ちょっと考えました。考えたというより、何の根拠もない思いつきです。こうです。ひょっとしたら、僕の身体は更新されつつあるのではないだろうか？　老化の過程なのだから、新しくではなく古くなっているに違いないけれど、でもあえて言うと、僕の身体はいままでとは違う新段階の身体に変わろうともがいているのではないだろうか？

新段階というのは、いわば長生きがプログラミングされた身体です。五十肩の痛みは、その長生きする身体への更新が成し遂げられる途中の痛みなのではないだろうか？　痛みが消えたとき更新が完了し、1年にひとつという普通の意味ではなく僕はもっと劇的に年をとり、新段階の身体を手に入れるのではないだろうか？　ひとはみんなそうやって長命用の新しい身体になじんでいくのではないだろうか？　飛蚊症だの五十肩だの他のなんだのという老化現象はすべて、昆虫でいう蛹《さなぎ》が蝶へみたいな変態の過程ではないだろうか？　老化現象に縁がない時期というのは、つまり若いひとの身体はもともと短命用で、長生きするためには誰もがこの更新を経なければならないのではないだろうか？　何の根拠もない思いつきだが、僕はどうやら長生きする側の人間に振り分けられたのではないか？

僕はこの思いつきを喜んでいるわけではないんです。じゃあ悲しんでるのかと聞かれればそれも違うんですが、どう言えばいいんでしょう、端的に、いったいいつまで小説を書きつづければいいのか、いつまで書きつづけられるのか、ある日書くのをやめたくなるのか、やめることができるのか、やめられないけど書こうとしても書けない日が来るのか、それらの疑問、ぜんぶわかりません。わからないことが五十肩の進行よりももっと不安なんです。5年以上色あせなかったなにか、それはたぶん約束です。小説家が自分自身とかわした、書く、という約束です。ところは断言したいところですが、でも今後、長生きの身体が保証されたいま、突発的な不幸な事故に遭わないかぎり僕はそうとう長生きすることになります。これからさらに5年先、10年先、自分自身との約束にしろなんにしろ、時とともに色あせないものがひとつでもあるのだろうか？　という不安にとらえられます。あ痛たた。次の質問どうぞ。

020
2009/09/13
07:37

件名：永遠の嘘を

五十肩の治療法を私は知っています。これは私の話ではなく父の話です。当時、40代半ばで五十肩の症状が現れた父は、あまりの痛さに耐えきれず仕事を休んで町の小さな診療所に行きました。診察時間もよくわからないような古い診療所です。高校生だった私がその日帰宅すると、「ほらユミ、先生に言われたとおりコレやってみたらいっぱつで痛みが消えたよ」という言葉とともに父はリビングの壁に向かってコレをしてみせました。そして翌日から元気に腕を振って職場へ通うことになります。誰にも内緒です、こっそり耳打ちします。五十肩には逆立ちです。いっぽつで完治します。佐藤さん、きょうは思い切って逆立ちしてみてください。……ぜんぶ嘘です。私の父はそもそも五十肩になっていません。五十肩で逆立ちしたら、あ痛たたた、では済みません、間違いなく頭を床に打ちつけます。気をつけてください。

はい。次の質問いきます。

小説では、「実話」をそのまま最初から最後まで文章に起こして作品が成立することは稀《まれ》だと思います。たとえば『身の上話』の宝くじ当選のエピソードや連続殺人のエピソードなどは、なかなか他人から「実話」を聞けない話だと思うのです。『Y』のタイムスリップも、『5』の超能力もその類の話だと思います。

作品の大まかな筋書きができるまで、「実話」とは別に、そういう「フィクションとしての種」のようなものも佐藤さんの頭の中で生まれているのではないでしょうか？　それがどんなふうに生み出されているのか知りたいです。訊き方が雑ですかね。フィクションの部分に関して、佐藤さんのインスピレーションを刺激するようなものや、思わず頭の中にメモしてしまうような出来事が（『身の上話』に限らず）何か具体的にあれば、教えていただけないでしょうか？

お世辞に聞こえてしまうかもしれませんが、佐藤さんの作品には限りなくリアルな虚構が描かれているように思えて、私は「実話」よりもむしろそちらに興味がわきます。

ちなみに、近ごろ取材に向かうときの私は、中島みゆきさんが吉田拓郎さんに書いた「永遠の嘘をついてくれ」という曲を聴きます。聴きながら取材先で（嘘みたいな本当の）とびきりのネタが聞けるようにと願い、どうか（嘘でもいいから）面白い記事に仕上げられますようにと自らを奮い立たせます。今朝も聴きました。

件名：不機嫌

021
2009/09/19
16:11

訊き方が雑、とは言いません。その言葉は使いません。雑ではなく、無精です。大づかみな質問をぽんと投げて具体的な回答を欲しがるのは無精じゃないかという気がちょっとします。

この作品のこの頁《ページ》のここんとこにこういう表現があるのはどうなのか？　みたいな具体的な質問をつきつけられて、こちらが大づかみに答えてはぐらかす、そういうのがインタビューに僕が求める理想です。機嫌悪いです。ごじゅうかた悪化しています。キーボード叩いていても1分に1回は我慢できなくなって、左手で右腕の付け根のあたりをマッサージしています。仕事進みません。やる気もでません。これはほんとにごじゅうかたなのだろうか？　はっきりわからないのがストレスになります。僕はほんとに長生きするんだろうか？

『アンダーリポート』を書くとき、ひとりの女がひとりの見知らぬ男を殺すために、ただ殺す目的のためにその男と1回だけSEXする必要があるという筋書きがとても面白く思われました。女がプロの殺し屋だとか異常な殺人鬼だとかなら特に目新しくないかもしれないけれど、マンションの隣人であるいっぱんの主婦がそれをやる、殺人目的で男と寝てしまうという点がこれまでになく斬新に僕には思われました。

自分の身近にいる女性がだいそれた犯罪を実行して素知らぬ顔で暮らしているかもしれない。そんなことが現実にあり得るか？　と訊かれたら僕もあり得ないほうに賭けます。でもあり得なくてもかまいません。そんなことはどうでもいいんです。ところが肝心の殺人の場面、殺人につながるＳＥＸの場面を書くときに迷ってしまいました。克明に書けば書くほどその場面が『アンダーリポート』という小説にかっちりはまらないような気がしたのです。そこが主眼なのに、そこだけ浮いてしまう。どう書いてもへたくそなポルノ小説のようになってしまう。

迷ったあげく書いた原稿の大部分を削りました。そのことが良かったのかどうかいまでもはっきりしません。へたくそなポルノ小説のようになってしまうのは僕の書き方が間違っていたせいで、もっと正しい書き方があったのかもしれない。それを探す努力、もう1回だけ書き直す努力を惜しんだのではないか、もうこれ以上は無理だと投げ出してしまったのではないかと、いまさらの後悔がはじまることがあります。機嫌悪いときはよけいに機嫌が悪くなることばかり思い出されます。いま仕事部屋に秘書の照屋くんが入ってきたので八つ当たりしました。

「らくらくホンて年寄りが使う携帯だろ！」

照屋くんは黙って散らかってる本を本棚に収めています。

「らくらくホンのお勧めメールがドコモショップから届いてたんだ、今朝。な、らくらくホンて年寄りが使う携帯だろ？」

「そんなことないんじゃないですか。テレビのCMには女優の大竹しのぶが出てるし」

「大竹しのぶ？　大竹しのぶって何歳だ、僕より年下じゃないのか、いったい何歳からくらくホンを買わせるつもりでいるんだ、ドコモは？」

「知りませんよ、そんなこと」

「50過ぎた人間はじっぱひとからげに年寄りか、そういう考えか、じゃあ定額給付金も2万円にしろ、市役所からまた葉書が来てただろ、定額給付金の申請を早くしろって、たかが1万2千円くらいでぶつぶつ言うな、あれ2万円にしろ、電話かけて佐藤正午の秘書ですが、って担当者に掛け合え」

「ねえ正午さん、何にたいして怒ってるんですか。不機嫌の原因は何なんですか」

「わからないんだ。それがわからないから怒ってるんだ」

　この機嫌の悪さが続くようなら、次回は『彼女について知ることのすべて』という長編小説および『バニシングポイント』（註・のちに『事の次第』と改題）という短編集に関するいまさらの後悔から入ります。もうそちらの質問は無視して、一方的に、思い出すまま書いていきます。

Ⅱ

低調

件名：開き直り

022
2009/09/27
06:19

返信が遅れました。申し訳ございません。

ご機嫌悪いままでしょうか？

私こそ「書き直す努力」が足りず、また大づかみな質問になってしまいました。

そう考えると余計にメールを送信しづらくて、何度も不安になりました。もっと正しい書き方があるかもしれない、と思いはじめるとキリがなくて、このままではいつまでたっても返信できないような気がしてきました。

思い切って開き直ります。

佐藤さんに質問を無視され「いまさらの後悔」がまた届いても構いません。しつこく（佐藤さんにはぐらかされないような）具体的な訊き方を目指して、「書き直す努力」も自分なりに惜しまず、次の質問いきます。

何を書くのか、という小説の大まかな筋書きにまつわる質問をうまくまとめられなかったので、今回は大まかな筋書きをいかにして書き進めていくのか、その描き方の手法、語り手と人称について伺えればと思います。

たとえば、『アンダーリポート』で佐藤さんが迷われたという「殺人につながるSEXの場面」を少し引用させていただきます。単行本322ページです。

あの頃、外出するときにも手ぶらを好んだ女はこの夜だけはハンドバッグを携えていただろうし、化粧も入念だったはずだ。これも想像だが、いつもの洗いざらしたジーンズではなく女らしさを強調するための服装に身を包んでいただろう。

右に引用した部分からだけでも、このシーンは、物語の主人公である古堀徹の視点から、想像の中での出来事として描かれているのがわかります。私にはそう読めました。

そして『身の上話』の場合、描き方にさらに顕著な特徴が見られます。これから読まれる読者のみなさまのためにも、私がここに詳しく書けませんが、この作品は「私の妻の郷里は～」という書き出しからはじまります。書き出しから、ほぼ全編にわたり、語り手の「私」を通して間接的に、「妻」ミチルの身の上話が詳細に語られていきます。

宝くじに当選した若い女性の連続殺人もの、という当初の大まかな筋書きができたとき、この物語をミチルの一人称で書き進める選択肢も、三人称で描く方法なども、佐藤さんの頭の中にはあったのではないでしょうか？　あったとすればどうしてそれらを選ばずに、わざわざ「私」という語り手を用意したのでしょうか？

無精な質問にお答えいただけるのか、「いまさらの後悔」がまた届くのか、はたまた思いもよらないご返信をいただけるのか、ドキドキです。

ちなみに『5』に関しては「いまさらの後悔」なんてぜったいないですよね？　単行本のオビに確か〈著者会心の最高傑作〉とあったはずです。

追記1。女優の大竹しのぶさんは現在52歳だそうです。調べました。佐藤さんのデビュー作を原作とした映画『永遠の½』にも出演されていましたね。これも調べました。

追記2。あとついでに、らくらくホンについても念のためドコモに問い合わせてみました。「対象年齢は特に決めていない」そうです。文字が大きくて操作が簡単なのだそうです、らくらくホンて。

件名：パイ構造

023
2009/10/05
03:04

あれは鬱病だったでしょ、と当時を知る編集者のなかで遠慮のないひとは面とむかって僕に言ったりもするのですが、鬱病と診断されたわけではなくて、胃の調子がひどく悪くて医者に診てもらっただけなのです。でもそのとき精神安定剤を処方されて飲んでるうちに快方にむかったのも事実だし、まあちょっとそのけもあったのかなといまになって思います。

でもあれを冗談めかして鬱病と言ってしまうと、本物の鬱病で苦しんでいるひとたちに申し訳なく、自分では、あいまいにぼかして「心の病《やまい》」と呼んでおきたい気がします。何の話をしてるかというと、これが『アンダーリポート』が最終話まで雑誌に掲載されなかった理由です。『身の上話』が連載2回目で中断したのもおなじ理由からです。心の病で半年間、小説をふたつ書きかけのまま、静養しました。で、半年後、机にむかう気力が戻ったところで『アンダーリポート』の続きを書いたわけです。それをかたづけて次に『身の上話』の連載を再開した、という順番になります。

だからもうよく憶えていません。

なにしろ心の病に見舞われる直前の時期ですからね、『身の上話』の初回を書き出したのは。言われてみればなるほど三人称で書く方法もあったのかもしれません。ですます体ではない書き方もあり得たかもしれません。

彼の妻の郷里は、彼らがいま暮らしている都会から、新幹線でおよそ一時間行ったところにある。

こう書き出して先をつづけることも可能だったかもしれません。

可能だったというより、もしかしたらそっちのほうが良かったのかもしれません。

こうしてまた「いまさらの後悔」がひとつ増えるわけです。機嫌悪いです。

機嫌悪いなりにいまちょっと考えてみたのですが、人称という点に注目すると、実は『身の上話』も『アンダーリポート』も『5』もおなじ書き方になっています。私、または、僕という一人称で書かれた小説でありながら、いずれも小説内に三人称的な、というよりまさに三人称の叙述がふくまれています。語り手が、自分の目のとどかない場所で他人の身に起きた出来事を語る、想像や潤色をまじえていかにも物語を書くように語る、という方法が取られています。

書き手が書く小説のなかに、語り手独自の物語がまじっている、もっといえば、小説のなかにところどころ語り手が書く小説がまじっている。これをパイ構造の一人称小説と呼びます。アップルパイのパイです。そういう方法は僕があみだしたわけではなくて文学史をひもとけば大昔からあるし、僕個人の歴史でいってもかなり昔から繰り返し試みています。若い頃に書いた小説家が主人公／語り手である短編は大半そういう作りになっています。ではなぜ純粋なというか単純な一人称小説を書かず、まっとうな三人称小説も書かず、そういうパイ生地みたいに重なった人称の小説ばかり飽きずに書きつづけているのか？　という話になりますね。なるのはわかります。でもお答えできません。機嫌悪いのでそこまでていねいには考えてみません。

なぜだかわからないけど、そういう書き方がしっくりするんです。しっくりするので長年書き続けて、いまのところ短編集でいえば『カップルズ』、長編小説でいえば

『5』にひとまずたどり着いた、というのがちょっと考えてみた佐藤正午小説史における結論です。この2冊を読んでいただければパイ構造についてはご理解頂けると思います。『身の上話』はそれのバリエーションです。変奏のひとつです。

断っておきますが、これはあくまで東根さんのおっしゃる小説の「人称」に注目した場合の話で、そんなパイ構造だの何だのはどうでもいい、物語の筋さえ面白けりゃいい、『5』の津田伸一の性格、品行悪すぎ、大嫌いだ、みたいな読み方ももちろん、ありです。ありですが、そういう傾向の読者には、できるだけ僕の本には近寄らないでほしい、なんなら手も触れないでほしいといつも念じています。

あともうひとつ、話は変わりますが、前回のメール「不機嫌」(✉021)に僕は嘘を書きました。書いたあとで、どこがどうとわからず不満が残っていたのに、不機嫌で面倒くさいのでそのまま送信してしまいました。送信したあと何回か読み返してみて原因に気づきました。自分で書いた文章が気に入らなくて読み返すうちに自分の書いた嘘に気づくことはあります。

『アンダーリポート』で、殺人につながるSEXの場面を書くとき、克明に書けば書くほどその場面が浮いてしまうので、迷ったあげく書いた原稿の大部分を削ったというところです。これのどこが嘘かというと、担当の編集者とのやりとりがきれいに抜けています。克明に書けば書くほどその場面が浮いてしまうと迷ったのなら、そして実際に書いてみたのなら、僕はその原稿を編集者にいったん預けて読んでもらうと思うのです。そのうえで意見を聞いて、削るなら削るという結論にいたる。そこのやりとりが抜けています。なぜ抜けているかというと、僕はその原稿を実際には書いていないからです。前回のは嘘です。僕は迷ったあげく、最初からＳＥＸの場面を克明には書かなかった。書き出すまえに迷いにはけりがついていて、この程度でいいと決めたことだけ書いた、だから原稿の大部分を削る必要などなかった。こっちが本当です。

じゃあ前回の「いまさらの後悔」はどうなるんだ？　という話になりますね。なるのはわかります。簡単にいうと、あれは見栄をはりました。苦労して書いた原稿を惜しげもなく捨てたと、たぶん言外に伝わるような作り話がしたかったのでしょう。同じ作り話にしても、克明に書いた原稿を大幅に削ったなどと自慢げに語らず、最初から楽な道を選んで短めに書いたと正直に述べ、「そのことが良かったのかどうかいまでもはっきりしません」と続ければもっとましな文章になったかと思います。これもいまさらの後悔です。

024
2009/10/06
03:26

件名：とりいそぎ

そうですか。まだご機嫌悪いままなのですね。その原因が私からのメールのせいにも思えてきました。
あと、これまで五十肩とか飛蚊症とか、「心の病」という言葉まで出てきましたけど、佐藤さんだいじょうぶですか？　独身だと聞きましたが、ちゃんとごはんとか食べてますか？　ここへきて急に心配になってきました。

025
2009/10/07
01:03

件名：マンホールの蓋

きのうの夕方幸ちゃんから携帯にメールが入って、その着信音でハッと目がさめて、ソファに横になって「佐世保市政だより」読みかけてうとうとしてたのですが、携帯開いてみると「カレーつくったから宅配ボックスに入れとくね」ということだったので、ありがたやと返信して、1階に取りに降りるついでにコンビニまで電子レンジでチンして食べるご飯買いに行って夕食はカレーライスにしました。幸ちゃんて誰ですか、と次回訊いてください。

まあそれはどうでもいいですが、コンビニからレジ袋提げての帰り道、ふと思い出しました。心の病にかかる前、かかった後もしばらくは、この道、コンビニから自宅マンションまでの道を歩くあいだ目についたマンホールの蓋《ふた》を必ず、片足で踏まずにはいられませんでした。それもこのマンホールの蓋は右足、あっちは左足と自分で規則を作って、決まった足で踏んでいました。それをしないと前へは進めませんでした。途中2カ所、道のまんなか寄りにマンホールがあって、その蓋を踏みに歩くときには、車の往来がいっとき途切れるのを待たなければなりません。道ばたに突っ立って、5分でも10分でも辛抱強く待ちました。

その習慣をいつのまにか忘れていました。それをしないと道を歩けないという強迫観念みたいなものが消えているのにきのうふと気づきました。心の病が回復したこれがひとつの証拠かもしれない、とも思いました。いまはもう目的地にむかって、ふつうに歩けます。僕はたぶんだいじょうぶです。機嫌悪いのはいまのとこ五十肩と決めつけている右腕の痛みと、あと次の小説がなかなかうまくいかないせいです。うまくいかない以前に、書き始められないでいるせいです。仮のタイトルだけ「ダンスホール」と決まっています。ゆうべとりあえず決めました。枚数もあらかじめ100枚と決められています。でも何を書くかまったく考えがまとまりません。「ダンスホール」というタイトルどう思いますか。このタイトルで小説書くとしたらどんなものになると思われますか。何かご意見、アイデア等ありませんか。

026
2009/10/07
18:34

件名：ぴんときました

たぶんだいじょうぶ、と聞いて少しほっとしました。お返事を早くいただけたので心配が長引かずに済みました。ありがとうございます。

今回のメールを拝読していて、ぴんときた言葉が三つありました。

まず「佐世保市政だより」という言葉です。佐藤さん、調べましたところ佐世保市では定額給付金の申請が来週火曜日まで、です。期日迫ってます、お忘れなく。これがぴんの1です。

次に「マンホールの蓋」です。最近どこかで目にした言葉だと思っていましたら、女の敵・津田伸一（小説家）が主人公の『5』にこれが出てきます。ぴんの2です。単行本147ページです。横浜のトンカツ屋で、でべそというニックネームの女性が主人公の僕（女の敵）にこう話しています。「あたしの知り合いには映画館に入っても絶対奇数の列にしかすわらない人がいる。マンホールの蓋を踏まないと気がすまない人もいる」これって？

あと、ぴんの2に関連して思い出したのは、『ジャンプ』のカバーには単行本にも文庫にも「マンホールの蓋」の上にリンゴが載っている写真が使われています。これも思い出しました。

最後にぴんの3は「ダンスホール」です。この言葉でぴんときたのは、尾崎豊さんの曲にこのタイトルがありました。尾崎さんがデビュー前に作った曲で、オーディションでも歌ったと何かの記事で読んだ覚えがあります。歌詞をいま思い浮かべてみると、もしかしたら尾崎さんは、ダンスホールで出会えたかもしれない少女について歌っているような気がします、なんて書いたら佐藤さんに「ほえ」って言われそうな気がしてきました。

さて。そんなことより質問です。いま書き始めようとしている小説は「仮のタイトル」がひとつの種なのですか？「何々もの」の宿題はないのですか？タイトルだけ決まって、何を書くかまったく考えがまとまらない、なんて私には信じられません。こういうことも佐藤さんの場合、よくあることですか？できればその「ダンスホール」を書き出すところから、書き直して書き直して、いまさらの後悔なしで書き上がるところまで、このインタビューの聞き手としましては追いかけたいです。

幸ちゃんのことは敢《あ》えて質問しません。野菜もちゃんと摂《と》ってください。

027
2009/10/13
16:31

件名：ぴんときたくらいで「これって？」などと賢《さか》しげに訊かれたくない

夜の繁華街です。

たぶん地方都市です。

コンパで盛り上がって2次会のカラオケにむかう男女のグループがいます。大学生です。

いや、大学生じゃないかもしれない。でも若い男女です。20代後半、ぎりぎり30代前半くらい。男3人、女3人といったとこでしょうか。

そこへ別のグループが通りかかります。そちらは男ばかり数人。すれちがうときに、ちょっとしたもめ事が起きます。酔った男どうし言い争いになります。もうすこしで殴り合いの喧嘩に発展しかけます。そのとき形勢不利だった男女混成グループのほうの、いちばんおとなしくしていた青年が前に出て、相手側のいちばん威勢のいい男に拳銃をつきつけます。いきなりです。そして一撃で射殺します。

大騒ぎになります。パトカーが来て救急車が来て野次馬がたかります。でも誰もなにが起きたのかわかりません。確かな事実は、血を流した死体が繁華街の路上に横たわっていることだけ。拳銃を発射した青年はいつのまにか姿を消しています。そして残った者は誰ひとり、青年のことを知りません。名前も知らないし、顔もよく憶えていないことに気づきます。「ダンスホール」の冒頭部分です。まだ書いてはいません。とりあえず考えてみました。こんな感じではじまる小説はどうかな、というていどです。

どう思いますか。つまらないですかね。つまらなくても時間がないので目をつぶって書き出すかもしれません。ちなみにこの拳銃とともに消えた青年は物語の主人公ではないような気がします。直感ですが、姿を消したまま二度と人前には現れないかもしれません。

それと東根さんにひとつ言っておきます。

何がぴんときたのか知りませんが前回のメール、

これって？

という物の訊ね方には目を疑いました。

こういう、あなたとあたしはツーカーの仲みたいな、なあなあな、ずぼらな、無精ったらしい質問の放り投げはやめてください。何が訊きたいのかよくわかりません。意味が通じるように文章に書いてください。文章にする時間がないとか、面倒だとかいうのなら、フリーライターの看板おろしたらどうだ？　とまでは言いませんが、いっしょに仕事してるこちらが迷惑するのでとにかくもう質問はしないでください。

件名：ただの私信になってしまうかもしれませんが

028
2009/12/17
18:48

　ごぶさたして申し訳ございません。東根ユミです。

　もしかしたらこのメールは、佐藤さんへのただの私信になるのかもしれません。なにせ二カ月もの間佐藤さんからメールをいただいたままです。

　メールをいただいた日は、自分のことをすべて否定されたようで正直言ってすごくショックでした。そしてすぐに無精な文章のまま送信してしまったことを後悔していました。もう何度も無精な訊き方を指摘されているのにどうしてまたあんな文章を書いてしまったのか。佐藤さんとメールのやりとりをしていると、文章を書くということはこんなにも難しいことだったのかと痛感させられます。

　いまから思えば、佐藤さんのおっしゃる通りツーカー気分で調子に乗って「これって？」と訊いたような気もしますし、佐藤さんに質問を無視されても構わないといった開き直りが裏目に出て「これって？」と投げやりなひと言で済ませてしまったような気もします。それからあのメールをお送りした夜は東京に超大型の台風18号が接近していて、早く仕事を済ませて帰宅したいという焦りもあったような気もします。すべて「いまさらの後悔」です。あんなメールのまま送信してしまった以上、もう取り返しがつかない「いまさらの後悔」です。

その日のうちに担当編集者から連絡があり、翌日この後悔を引きずったまま呼び出されました。

台風一過の青空が広がる日でした。神保町の喫茶店で向かい合った編集者は困った顔を私に向け、開口一番に「もっとちゃんと書いてください」と言いました。そのあと延々とロングインタビューの企画主旨を聞いているうちに、私はだんだん頭に血がのぼってきてしまいました。そんなこと最初の打ち合わせで聞いてわかってる、わかってるけどどんな形式のインタビューは初めてだし、あんなのらりくらりと質問をはぐらかされて、こちらの筆力のなさまでずっと指摘されつづけているアタシの気持ちなんてわからないでしょ！　だいたい編集者と小説家って阿吽《あうん》の呼吸みたいなのがあるでしょ、どうしてちゃんとフォローしないんですか！　そこまで言ったところで、編集者は口を開けたまま急にしゅんとしてしまい、それがまた頭にきて、頼んだカフェオレに手もつけずに店を出ました。

「これって？」のことをすっかり棚に上げて逆ギレしてしまったわけです。

それ以来、編集者からまったく連絡がありません。ひょっとしたら、私はとっくに聞き手を降ろされていて、もう別のライターがメールのやりとりを引き継いでいるのかもしれません。そうだとしたらこのメールはただの私信になってしまい、佐藤さんに無視されて永遠に葬り去られるのかもしれません。

それでもメールを送らずにいられなかったのは、佐藤さんとのやりとりに心残りがあるからです。まだお伺いしたいことがあるのです。今月はじめ『正午派』という本を購入し、それを拝読してさらにお伺いしたいことが増えました。それから「ダンスホール」というタイトルの小説も、その後どのような書き方で展開されたのか（佐藤さんの直感どおり、拳銃の青年は人前には現れなかったのか）、お伺いしたいことがたくさんあります。

お会いしたこともない佐藤さんと、ツーカーになろうとは思いません。

「これって？」はもう使いません。

一方的なお願いなのは重々承知していますが、仮にまだ私が聞き手を降ろされていなかったら、お返事をいただけないでしょうか。

佐藤さん、あれからまだご機嫌悪いままですか？　定額給付金はちゃんと受け

――取られましたか？　１００枚の小説「ダンスホール」はぶじ脱稿されましたか？
メールの返信が滞り、本当に申し訳ございません。

029
2009/12/22
14:37

件名：ダンスホール――小説の一つの書き方としての名称

『ダメージ』というアメリカのＴＶドラマがあって、日本でもシーズン1と2が放送されたのを僕は毎週待ちかねたようにして全部見たのですが、ご存知ですかね？
もし知らなければアマゾンでもＤＶＤが販売されているので調べてみてください。紹介文や予告編などでだいたいの内容は想像がつくと思います。でも実際にドラマを見ないとつかめない特色もとうぜんあって、まずこの『ダメージ』が他の連続ドラマと大いに違う点は、ひとことで言えば最初っからラストシーンを教えてしまうところです。

ラストシーンは言い過ぎにしても、最終回の、物語のクライマックスにあたるシーンを、短いイメージに切り取って、初回または2回目といったかなりはやいうちから見せてしまいます。それも何回も何回も毎週繰り返し見せてゆきます。いずれ、先ではこうなるんだよと、ドラマを見始めたひとの頭にたたきこむわけです。そうするとどうなるかというと、ドラマを見ている側としては、今週始まったばかりのこの物語の冒頭が、何週間かのちに、何回も何回も繰り返されているラスト（近くの）シーンにたどり着くのは予想がつく、でも何週間分かの飛躍があるから、なぜどうやってそんな結末にたどり着くのかわからない、そのわからなさ、なぜ？　どこがどうなってそこにたどり着くのか？　が謎になり、どうしても解かれなければならない謎になり、このドラマの魅力になります。毎週かかさず見続ける理由になります。

「ダンスホール」といういま僕がぼちぼち書いている小説は、書き方がこの『ダメージ』に似ています。

正確にいえば、小説の書き方が、ドラマ『ダメージ』の見方に似ています。注意してください。脚本家や演出家のドラマ作りの手法と、僕の小説の書き方が似ていると主張したいわけではありません。それは似ていません。そうじゃなくて、完成して放送された『ダメージ』を見ている側、視聴者の立場と、いま「ダンスホール」を書いている僕の立場がそっくりなのです。

説明します。

今回、僕は小説の結末を先に考えました。考えたというよりも、むりやり目標として定めました。小説の冒頭で、若者が拳銃を撃つ、そのことは2ヶ月前のメールで触れましたね。僕は実際にそのことを書きました。原稿用紙にすれば10枚くらい。あとのことを考えずに力まかせに書いたので、はやくも行き詰まりました。残りの90枚、なにを書けばよいのかわかりません。そこで打開策というか苦肉の策というか、とにかく結末を決めてしまおうと考えたのです。たとえばそれは登場人物のたったひとつの台詞でもいい。

あなたに会えてとても嬉しいです。

何でもいいけど今回はとりあえずそう決めます。まあ結末といっても小説の最後の一句がその台詞でぴたりと決まらなくてもいいんです、登場人物のだれかがそういう台詞を口にするラスト（近くの）シーンが書ければいい、そのへんは遊びを持たせて決めます。ハンドルの遊び、の遊びです。するとどうなるかというと、小説を書きあげるためには、いま始まったばかりのこの物語の冒頭を、90枚先ではその台詞に結びつけなければならない、結びつかないと困る、登場人物のだれかがだれかに「あなたに会えてとても嬉しいです」と言う、言わせなければならない、でも90枚分の飛躍があるから、なぜどうやってそんな結末になるかわからない、そのわからなさ、なぜ？だれがどこでなにをしてそこへたどり着くのか？　という謎を僕は抱えることになる。

その謎を前にして、どうしても解き明かしたいとむずむずするところ、あれこれ想像してみるところまでは、『ダメージ』の視聴者の立場と小説家の立場とは似ていると思うのです。あとは謎を解くために毎週欠かさずドラマを見るか、自分で頭を働かせて小説を書いていくかの違いがあるだけです。冒頭の銃撃場面から結末（近く）の台詞へ向かって、両者のあいだを言葉で埋めていくこと、それが今回の小説家としての仕事になるわけです。

そういうわけで、『ダメージ』を見るごとく「ダンスホール」を書いてきて、こういった結末ありきの小説の書き方を今後、ダメージ・メソッド、ないしは単に、フィギュアスケートの華麗な技をイナバウアーと呼ぶように単にダ、、、、ンスホールと呼ぶことにして、いま12月22日火曜日ですが、およそ60枚まで進みました。

あなたに会えてとても嬉しいですという台詞はPost-itにメモして、iMacに貼付けてあります。『正午派』を買ったのなら読まなくても写真くらい見てるだろうからわかってると思いますが、僕はiMacで小説を書いています。毎日毎日繰り返しメモを見て、頭にたたきこんで、結末の台詞めがけて小説を書き続けています。
　2ヶ月も経ったので機嫌はべつにもう悪くありません。五十肩の痛みにもいくぶん慣れました。ただ年末の慌ただしい時期に、なよなよしたメールが届いたのでいまちょっとイラっとしています。秘書の照屋くんにワダカルシウムを買いにやらせました。男のなよなよは見過ごせると思うのです。なよなよした女は迷惑です。もっとしゃきっと書いたらどうですか。僕はメールインタビューの相手が東根さんのままでも、ほかのだれかに交代してもちっともかまいません。編集部にもそう伝えてあります。以上です。

030
2010/01/10
16:26

件名：華麗な技は決まりましたか

　受信フォルダに「Shogo Sato」の名前を見つけたときは緊張しました。もうあなたの質問には答えないとか、とっくにあなたは聞き手を降ろされているといった言葉が並んでいそうで、おそるおそるメールを開きました。

クリスマスプレゼントのようなご返信ありがとうございました。おかげさまで年末年始を穏やかな気持ちで迎えることができました。

年末はずっと夜更かしが続きました。

毎晩夜更かしして、アメリカのTVドラマ『ダメージ』をついつい見てしまいました。ちょうど地上波で集中オンエアされていたのです。深夜の放送にもかかわらず、放送時間が待ち遠しくて、佐藤さんの言う「毎週かかさず見続ける理由」を私も体験しました。


その後「ダンスホール」は何枚ぐらいまで進みましたか？「あなたに会えてとても嬉しいです」という台詞にぶじたどり着けたのでしょうか？

いくら「苦肉の策」とはいえ、どうやって結末にたどり着くのかという謎を、（『ダメージ』の視聴者の立場と同様に）佐藤さんご自身も抱えたまま「ダンスホール」を書き続けているなんて、信じられませんでした。物語の書き出しを1として、結末を10とするならば、その間の2から9にそれぞれ何をどう描くのかということもあらかじめ決めて、決められなくてもある程度見据えて、つまり「大まかな筋書き」があって初めて書き進めていけるものだと思っていたからです。

以前「途中で脇道を見つけて別の山に登ったような気がします」と書かれていた『身の上話』もやはり「大まかな筋書き」があったからこその「脇道」でしたでしょうし、「パイ構造の一人称小説」という特色を結末まで貫かれています。でも「ダンスホール」に関しては、ちょっと違うのでしょうか？　若者が拳銃を撃つという書き出しの1と、「あなたに会えてとても嬉しいです」という結末近くの台詞の10だけが決められ、その間の2から9を「言葉で埋めていく」なんて、お世辞に聞こえるかもしれませんが、まさしくそれが決まればイナバウアー以上に「華麗な技」です。

そんな技も「小説家としての仕事」と言われたらそれまでなのですが、メールを拝読していていちばん感じたのは、小説を書き続けることって私が考えているよりもはるかにたいへんなことなんじゃないかということです。佐藤さんはこれまで25年以上、そんな暗中模索の作業を繰り返してこられたのでしょうか？『正午派』の16ページにある「仕事あります」というエッセイの中に「二十代なかばで、小説家になりたいという希望だけがあって」と書かれていますが、そもそも佐藤さんはどうしてそんなにたいへんそうな小説家に「なりたい」と思われたのでしょうか？

追記。少し遅くなりましたが、明けましておめでとうございます。今年は「あなたに会えてとても嬉しいです」という台詞を、ぜひ佐藤さんに言いたいです。

031
2010/01/15
3:54

件名：難航

いま書いている小説の題名にちなんで、小説のひとつの書き方、先に結末を決めてその結末めがけて書いていく方法をダンスホールと前回名付けました。そこまでいいですね？

で、その話を進めると、3年前に出版された長編『アンダーリポート』もやはりダンスホールで書かれている、という事実に突き当たります。

突き当たりますというか、書いた本人なので僕は気づいています。東根さんも気づくべきです。どうして小説家になりたいと思ったんですか？　なんてのんきな質問してる場合じゃないんです。『アンダーリポート』は物語の時間割でいうと最終章であるべき場面が第1章に配置してあります。つまり物語の頭を1、尻尾《しっぽ》を10とすれば、いきなり尻尾の10から小説が始まっています。あれは1から順番に10まで原稿を書いていって、あとで本にするとき入れ替えたのではありません。僕は実際にあの小説を、本になっている姿のまま冒頭から書き始めました。真っ先に尻尾の10を書いて、それを結末と決めて、なおかつ第1章に置くことに決めて、しかしどのような経緯でその結末にたどり着くのだろう？　と自問自答しながら書いていきました。

前回アメリカのTVドラマ『ダメージ』に触れて、演出家や脚本家のドラマ作りの手法と僕の小説の書き方が似ているわけではないと断りを入れましたね。でもここでは、必ずしも似ていないわけではない、と訂正しておく必要が生じます。『アンダーリポート』は『ダメージ』と手法が似ています。早いうちに結末を見せて、なぜそうなるのか？　という謎を視聴者・読者に意識させる。その点がおなじです。

つまり『アンダーリポート』という作品は、小説の読まれ方として、読者目線でまずダンスホールなのです。そしてさらに小説の書き方として、小説家目線でダンスホールを採用しているわけです。わかりますか？　小説を書く方法もダンスホール、書き上がった小説もダンスホール。まさに究極のダンスホール小説といえるでしょう。

それからさらに昨年出版された『身の上話』にもダンスホールが用いられています。手近に本があるなら開いてみてください。書き出しに注目です。

私の妻の郷里は、私たちがいま暮らしている都会から、新幹線でおよそ一時間行ったところにあります。

『身の上話』はこう書き出され、私の妻／古川ミチルのおいたちからゆっくり語られていきます。つまり物語が始まったとき古川ミチルはまだ独身の女の子です。とはいっても、小説の最初っから私と古川ミチルが夫婦であることは決定しています。「私の妻は」と書いているのですから、書いた瞬間に、それはもうひとつの結末として提示されているのです。ところがそう書いた時点での僕は、私と古川ミチルがどこでどんなふうに出会って結婚することになるのか、まだ知りません。知らないいま書いています。とにかくそう書けばいずれふたりは必ず結婚することになる、とそこまでの結末が決まってしまうことを承知で、小説の1行目を書き出したのです。なかなか見えにくいですが、これもダンスホール、難度の高いダンスホールといえます。

フィギュアスケートにたとえるなら、リンク上で、音楽が鳴り出すやいなやいきなりイナバウアーから演技を始めるようなものです。華麗にもほどがあるといった感じです。

ちなみに東根さんの指摘されている「大まかな筋書き」はいっぱんに通用する大まかな筋書きのことではありません。もっとゆるやかな、伸び縮み自在の、大まかな筋書きのことです。前にも書いたと思いますが、『アンダーリポート』が「交換殺人もの」、『身の上話』は「連続殺人もの」といった程度の、小説を書くにあたっての作者専用のキャッチフレーズみたいなものです。「何々もの」は「何々ふう」と言い換えてもかまいません。この場合の「ふう」は、広東風焼きそば、などというときの「ふう」です。それでその「何々ふう」でいうと、いまダンスホールの手法で書いている「ダンスホール」という題名の小説は「私小説ふう」です。

ただし、よく考えてみると僕は「私小説」が何であるか知りません。「私小説」と呼ばれる小説をいくつか読んだことがあるだけです。そもそも「私小説」が正しくは「ししょうせつ」と読むのか「わたくししょうせつ」と読むのかも知らないのです。でも「私小説ふう」ですからね。細かいことにはこだわらない。とりあえず「ししょうせつ」と読むことにして、病気と酒場と娼婦の題材にチャレンジしてみよう、そのくらいのいい加減な考えで、というか考えなしで書いていたのです。

でも考えなしが祟《たた》りました。「ダンスホール」は難航しています。第一稿を60枚くらい書いて、正月休みをはさんで、読み直してみると先を続ける気力がわかなかったので、新たに第二稿を書き出すことに決めて、書いて、現在第一稿の半分くらいまでたどり着きました。第一稿と第二稿は似ていますが、小説の冒頭で若者の撃った拳銃の弾はこんどはひとに当たりません。のっけからひとが射殺されてしまうようでは「私小説ふう」ではないと判断したためです。それと直感ですが、この拳銃を持った若者は小説の後半でもういちど人前に現れるような気がします。

032
2010/01/21
17:27

件名：初耳です

『アンダーリポート』には『ダメージ』のような手法（つまりダンスホール）が用いられている。この事実には私も気づいていました。気づいて実際、前回のメールの下書きにこう書いています。「あとこのドラマの特色は、どこか佐藤さんの『アンダーリポート』にも似ているように思いました」。この一文が「佐藤さんの言う『毎週かかさず見続ける理由』を私も体験しました」の後ろにありました。でも削りました。削ってメールを送信しました。あなたの書いた小説ってこのドラマとそっくりじゃん、と言っているようにも受け取られかねませんし、おそらくそう言われた小説家は少しイラっとするだろうと思ったからです。

ただ『身の上話』までもが、書き出しから「難度の高いダンスホール」だったことにはまったく気づきませんでした。言われてみればその通りです。『身の上話』は「パイ構造の一人称小説」プラス「難度の高いダンスホール」という特色になりますね。

ここで確認したいのですが、このほかにも（佐藤さんにとっての）小説の書き進め方がやっぱりあるのでしょうか？　もしあるとすれば、新たな作品を書き出されるとき、こんどの小説はこの手法で書いていこうとか、ドーナッツショップに入ってショーケースの中からドーナッツを選ぶように、あらかじめ方法を決めてから小説を書いていらっしゃるのでしょうか？　それからこのダンスホールという手法を、佐藤さんはデビュー当時から使われていらっしゃるのでしょうか？　そうでなければこの華麗な手法を用いるようになったきっかけ（となった作品）がありましたら、教えていただけませんか？

少しややこしいですが、つづいてご執筆中の「ダンスホール」についてです。六十枚まで進んだのに、第二稿をあらたに書き出す思い切った覚悟は、私も見習わなきゃと心から思いました。華麗な技はそう簡単に決まらないものなのですね。

「ダンスホール」が「私小説ふう」というのは初耳です。ついでに言えば「私小説ふう」という言葉も初耳です。

すかさず「私小説」の意味を辞書で確認してみました。「作者自身を主人公として、自己の生活体験とその間の心境や感慨を吐露していく小説（大辞泉／小学館より）」とあります。ということは「私小説ふう」とは「作者自身を主人公として、自己の生活体験とその間の心境や感慨を吐露していく小説ふう」のことだ、そう理解しようと試みたのですが、このニュアンスの幅が「伸び縮み自在」過ぎて、何だかわかったようなわからないようなもやもやした気持ちになってしまいました。

「ダンスホール」は「私小説ふう」という意味において、小説家が主人公の『放蕩記』や『5』などに何となく似ている感じなのでしょうか？　また第一稿を書き出されるとき、「姿を消したまま二度と人前には現れないかもしれません」と書かれていた拳銃の青年が、今回いただいたメールでは「後半でもういちど人前に現れるような気がします」とあります。これは第一稿のご執筆中に何か心境の変化でもあったのでしょうか？

最後に「のんきな質問」じゃない質問をもうひとつ。「ダンスホール」の締め切りっていつなんですか？

033
2010/01/23
16:33

件名：ダンスホール・クラシック

ダンスホールの定義について、ちょっと混乱が見られます。

今回の東根さんのメールに書かれていること、とくに前半が誤解を招くおそれがあります。

東根さんはダンスホールがまるで目に見える華麗な技であるかのような、読者目線で指摘しうるものであるかのような書き方をされていますね？　『身の上話』の書き出しがダンスホールだったと私は気づかなかったけど、言われてみればその通りです、というあたり。

もちろんここは前回の僕の発言を受けてのものなので、「佐藤さんに言われて、そうだったのかと気づきました、ダンスホールで書かれていたのですね」くらいの意味にもとれます。そうではなくて「佐藤さんに言われて、読み返してみたらその通りでした、ダンスホールで書かれているのを発見しました」という意味にとられる心配もあります。後者の意味にとると、そのすぐあとにつづく「佐藤さんはこのダンスホールをデビュー当時から使われていらっしゃるのでしょうか？」という質問は成立しなくなります。「使われていらっしゃる」のかどうかは、じゃあデビュー作を読んでみればわかるだろ、という話になるからです。ちなみに「使われていらっしゃる」って、どんだけへりくだれば気がすむんですか。

整理しておきましょう。

結末ありきの小説の書き方をダンスホールと呼びます。前々回のメール（✉029）で僕が命名しました。これはもう動かせません。

ところが、この「結末ありきの小説の書き方」という表現がそもそも曖昧《あいまい》だったせいで、二通りの意味に解釈する余地が生じたのです。

1　ストーリーの結末を先に決めて、その結末めがけて小説を書いていく方法
2　ストーリーの結末場面を冒頭に配置して読者にさしだされる小説。小説そのもの

1が本来のダンスホールです。ダン、ス、ホ、ー、ル・ク、ラ、シ、ッ、ク、です。これは作者が小説を書いていく過程での、たとえば直感の積み重ねや、読み直しや書き直しやその反復や、頭の中でたどった思考の道筋なので、結果としての本（完成した小説）を読んでも痕跡《こんせき》は見えません。いわば執筆の裏側です。最初から最後まで書斎で、作者ひとりが体験する時間の流れなのです。したがって読者にはうかがい知れません。『身の上話』を「佐藤さんに言われて読み返してみたらその通りでした、ダンスホールで書かれているのを発見しました」なんてことはあり得ないわけです。そのかわり、「佐藤さんはこのダンスホールをデビュー当時から使われていらっしゃるのですか？」という質問は成立します。回答は僕以外のだれも知らないわけですから。

2は僕の作品でいえば『アンダーリポート』のことです。この小説がいっぽんとは

異なりストーリーの結末場面から始まっているのは前回説明しましたね？　つまりはそういう逆立ち的なストーリー構成を持つ小説のことです。1が小説を書いていく過程であるのに対して、2は完成した小説自体をさしているわけです。

この小説自体をも僕が前回つい調子に乗ってダンスホールと呼んでしまったこと、これが混乱のもとになっています。ひとこと『アンダーリポート』はたんにTVドラマ『ダメージ』の構成と似ていると僕が言っておけばそれですんだかもしれません。申し訳ないです。でももうあとに退《ひ》けません。こっちもダンスホールと呼ぶことに決めます。1から派生したダンスホールです。ダ、い、い、い、タ、ッ、チです。クラシックだのタッチだの余計わかりづらいかもしれませんが、いちおうiPodにたとえてあります。最近買いました。

2はとうぜん読者の目で確認できます。本を読めば、『アンダーリポート』はダンスホール・タッチの小説だと指摘することができます。と同時に『アンダーリポート』は、これは作者である僕にしか言えませんが、ダンスホール・クラシックで書かれているのです。読者目線でもダンスホール、小説家目線でもダンスホール、『アンダーリポート』はまさに究極のダンスホール小説だと前回僕が言ったのはそういう意味です。

対して『身の上話』の場合は、ダンスホール・クラシックで書き出されています。でもダンスホール・タッチの小説ではありません。したがって『身の上話』におけるダンスホールは読者の目には見えようがないのです。おわかりでしょうか。ここまでの話をまとめるとこうです。「佐藤さんはこのダンスホール・タッチをデビュー当時から使われていらっしゃるのですか？」という質問であれば、読んで自分の目で確かめろ、読めばだれにでもわかることだから、と答える権利を僕は持つことになります。「佐藤さんはこのダンスホール・クラシックをデビュー当時から使われていらっしゃるのですか？」という質問なら、ちょっとだけ考えて、そんな昔のことはもう思い出せない、と答えることになります。

これですっきりしました。

ダンスホールの定義がかたまりました。

今後ダンスホールという言葉を使うときには、ダンスホール・クラシックの意味での用語なのか、それともダンスホール・タッチの意味での用語なのか、その点におたがい留意しなければなりません。

034
2010/02/10
03:53

件名：私なりの検証

ダンスホールのわかりやすい定義をありがとうございました。

その定義を何度も読み返して、私はダンスホール・クラシックのほうに興味を持ちました。作者である佐藤さんにしかわからない、という部分が興味を惹《ひ》かれる理由です。

そこで佐藤さんの著作をあらためて確認してみたくなったのです。もちろん実際のところは佐藤さんご本人にしかわからないことですが、この作品はダンスホール・クラシックだろうか、先に結末を決めて書かれたのだろうか、と勝手な推測は私にもできます。そんな作業をしていて返信が遅れてしまいました。

たとえば『ジャンプ』の書き出しの一文には「一杯のカクテルがときには人の運命を変えることもある」とあります。こう書き出された瞬間に、誰か登場人物の運命が変わることが、ひとつの結末として提示されている（佐藤さんがすでにひとつの結末として決めている）、つまりダンスホール・クラシックではないかと予想します。

また『彼女について知ることのすべて』の冒頭部分などは、物語後半に描かれた〝事件〟の場面や結末が事前に決められていないと書けない内容のように、つまりこれもダンスホール・クラシックのように思えました。

このように推測、というか私なりの検証を進めましたところ、ダンスホール・クラシックらしきものをうかがわせる作りが、多く見られました（あくまでダンスホール・クラシックを探すインタビューアー目線で読んで、です）。

ここで質問です。

これまでダンスホール・クラシックとは逆に、結末をあらかじめ決めずに小説を書き出し、書き上げられたことはありますか？　書いているうちに登場人物が勝手に動き始めて結末が生まれた、なんていう経験はありますか？　また雑誌などに連載する場合と書き下ろしの場合とで、小説を書き出すまでの準備がちがったりもするのでしょうか？　それから最後にもうひとつ。小説「ダンスホール」を、私たちはいつごろ読めそうですか？

035
2010/02/26
13:03

件名：続ダンスホール・クラシック――その不可視性をめぐって

まだ混乱がみられます。
もう1回いきます。
ダンスホールの定義について、僕は前回こう書きました。

1　ストーリーの結末を先に決めて、その結末めがけて小説を書いていく方法（ダンスホール・クラシック）
2　ストーリーの結末場面を冒頭に配置して読者にさしだされる小説。小説そのもの（ダンスホール・タッチ）

このうち1の、「ストーリーの結末」という表現が適切ではなかったかもしれません。いまさらですが、そう思い始めました。

2のほうはとくに問題ない。1をすこし修正する必要がある。でも適切ではない表現を修正して「結末」を別の言葉に置き換えたりしていると、またさらに話が混乱する恐れがあるので、ここは「ストーリーの結末」のままいきます。そのかわり「結末」の意味を補足します。

この1における結末とは、いわゆる結末、起承転結というときの結ではありません。起も承も転もなく、たんにそれだけ、そこにとつぜん提示された結。結末というよりむしろ、占い師の予言みたいなものを思っていただければ良いかもしれません。かれらはいつか必ず夫婦になる。その事実が未来で待ち受けている。え？　なんで？　まだふたりは出会ってもいないのに。『身の上話』の書き出しでいえばそういうことです。じゃあこのふたりがどうやれば結婚することになるのか、考えてそこを書いていく。これがダンスホールです。ダンスホール・クラシックです。

つまり結婚することだけ決定していて、結婚するまでの経緯が未定なんです。遠くに山の頂きだけ見えていて、そこへ登るための道がまだわからない状態です。まだ道筋もついていないストーリーの結末があるわけないですね。

結末というと、あれがこう来てこう変化してこうなるという途中経過までふくまれた意味になりますが、そうじゃなくて、途中をすっとばして「こうなっている」未来の一地点だけあるんです。その一地点をとりあえず「結末」と呼んでいるわけです。もちろんそれが、たまたま、いわゆる結末の意味の「結末」であるケースもあり得ます。

いま書いている「ダンスホール」という小説では、あなたに会えてとても嬉しいです、という台詞、おそらく小説の終盤、この台詞を誰かが誰かにむかって口にする状況、それがまあ「結末」です。そこをめがけて小説を書いているわけです。ダンスホール・クラシックで。

わかっています。結末という言葉をいわゆる結末の意味に取れるよう前回まで使っていたのはわかっています。いまさらなのは重々承知です。でも考えを文章に書いてみてだんだん見えてくることはあります。書いてみて、自分の考えの輪郭が定まってくることは往々にしてあります。

そこでご指摘の『ジャンプ』の書き出し、

一杯のカクテルがときには人の運命を変えることもある。

東根さんによれば「これはこう書き出された瞬間に、誰か登場人物の運命が変わることが、ひとつの結末として提示されている」ということですが、そんなのはわざわざ断るまでもないですね。ふつうに読めばわかります。作者がそう書いているんだから、先で誰かの運命が変わるんだろう。そう思って読者は小説を読み始めます。

そこではないんです。問題は、僕がこの1行を書き出したときに、登場人物の運命がどのように変わることになるかあらかじめ考えつくしていたのか、それとも書いたあとで、さてこのあとどうしよう、と続きを書きながら考えを煮詰めていったのか、そこのところにあります。

そこがダンスホール・クラシックかそうでないかの分かれ道になります。後者であれば、これを難度の高いダンスホール・クラシックと呼ぶことも可能でしょう。しかしどちらにしても、できあがった小説として読めばおなじです。読者側から見れば区別などつきません。

東根さんはこうも書かれています。

「『彼女について知ることのすべて』の冒頭部分などは、物語後半に描かれた〝事件〟の場面や結末が事前に決められていないと書けない内容のように、つまりこれもダンスホール・クラシックのように思えました」

ここはひどく混乱していますね。いままでの僕の説明でいうと、事情はまるっきり逆です。

その夜わたしは人を殺しに車を走らせていた。

と『彼女について知ることのすべて』は書き出されています。

これが「物語後半に描かれた〝事件〟の場面や結末が事前に決められていないと書けない」のであれば、それはダンスホール・クラシックでも何でもありません。慎重にプロットを練って小説を書いていく方法になります。むしろ事前になにが起きるか決められていないまま、ただ将来是が非でも「こうなっている」一地点めがけて書いていくのがダンスホール・クラシックですから。「その夜わたしは人を殺しに車を走らせていた」と書いたときに、殺人事件の場面や結末を事前に決めているわけではなく、わたしはいずれ「人を殺す」もしくは「殺そうと決心する」というとりあえずの「結末」だけ決めて、では誰を、なぜ、どこでどうやって殺すのか、殺そうと決心するのか、道筋を探ってさきへ進んでいく、それがダンスホール・クラシックですから。

前回から強調していますが、これはたんに書く側の問題です。小説を書くひとの頭の中の問題なんです。完成した小説にその痕跡を見ることはできません。そもそも小説がダンスホール・クラシックで書かれているかどうかなんて検証不可能です。ところがその不可能なことを、東根さんはやったと言っている。「もちろん実際のところは佐藤さんの小説家目線でしかわからないこと」とメールの前半にあるので、たぶんやっても無駄だと頭では理解しているのでしょう。それでもやったと言っている。メールの件名にまでその言葉が使ってある。

なぜできもしないことをあえてやったと書いてしまうのか？　あるいはなぜ、不可能と知りながらつい「検証」してみたくなるのか？　つまりなぜ、目に見えないとわかりきったものを無駄な時間をかけて見ようとしてしまうのか？　東根さんのなかでなぜ、そういった混乱がこないだからずっと続いているのか？

考えてみました。

前々回、件名「難航」のメール（✉031）で、僕は『身の上話』の書き出しの一文にダンスホールの手法が用いられていることに触れて、こう書いています。

> なかなか見えにくいですが、これもダンスホール、難度の高いダンスホールといえます。フィギュアスケートにたとえるなら、リンク上で、音楽が鳴り出すやいなやいきなりイナバウアーから演技を始めるようなものです。

最初の文の頭にある「なかなか見えにくいですが」という表現、これがまた適切ではなかったかもしれない。読み直してみると、要らぬ誤解を植えつけた原因のように思えます。なかなか見えにくいですが、と書くとおのずと、ほんとうは見えるんだ、よくよく目をこらせばあなたにも見えるはずだ、といったニュアンスが滲《にじ》み出ますね。読まされるほうもそのニュアンスを汲《く》み取って凝視の態勢に入ります。ほんらい読者の側からは読み取れないもの、見ることのできないダンスホール・クラシックを説明するのにこういう誤った指示を与えるような表現は使うべきではありません。この表現は不適切です。反省しています。ひとがもしそう書いているのを読めば、僕だって目をこらして「検証」したい気持ちになったかもしれない。しかもあとに続く文のフィギュアスケートのたとえ、これがまるで観客がイナバウアーを見ていて拍手喝采《かっさい》するかのような、衆人環視のもと始まる演技であるかのような錯覚をいだかせます。そうではなくて、文意としては、このイナバウアーは無人のスケートリンクで、ただひとり行われる孤独な演技であることを伝えなければならないのに。

論旨をくっきりさせるために持ち出されるべきたとえが、反対に論旨に目くらましをかけているわけですが、ここで余談です。ここでひとつやっかいなのは、この目くらましをかける表現に僕自身、うっすら気づいていることです。それも書いたその場で。この一行は、論旨をまっすぐ通すためには必要ない、むしろ邪魔だ、削るべきだ、と頭では理解している。でもデリートキーが押せない。消去するのがとても難しく感じる。難しく、ではなくて、惜しく、でしょうか。いまここでしか書けないような気がするんですね。面白みがあると自分で思える表現であればなおさらです。いまうまく書けたのにいま消去してしまえば、この表現とは、生きているうちに二度と再び出会えないようなもったいない気がするんです。だからまあ、論旨はちょっとぶれてしまうけど、ここは大切に残しておきたい、そういう削り惜しみの誘惑にかられるときがあります。誘惑に負けてしまう場合もあります。これを僕は表現との一期一会シンドロームと呼んでいます。

表現に後ろ髪を引かれて論旨を見失う。あってはならないことです。作家として致命的な症状だと思います。でもそういう傾向が確かにあるんです。のちに『小説の読み書き』という題の本にまとめられるエッセイ「書く読書」を月刊誌に連載中、はっきり自覚しました。毎月なんとか踏みとどまって、削りに削って書いていった記憶はありますが。

余談終わりました。

前回のメール、件名「ダンスホール・クラシック」（✉033）に僕はもうひとつ余計なことを書いています。

　東根さんはダンスホールがまるで目に見える華麗な技であるかのような、読者目線で指摘しうるものであるかのような書き方をされていますね？

と書いています。ひどい話ですね。ダンスホールがまるで目に見える華麗な技であるかのような書き方をしていたのは、いま説明したように僕のほうですから。これではまるでいちゃもんです。これを読んで東根さんの混乱によりいっそう拍車がかかったのではないでしょうか。それでこの「書くインタビュー」の聞き手としての役割をすっかり忘れて、ダンスホール・クラシックの不可能な検証に精を出して、できるはずもないのに自分はやったと思い込んでしまったのでしょう。わかる気はします。
「ちなみに、これもいまさらですが「書くインタビュー」の聞き手としての役割とは、僕が書いたメールを読むことです。それが第一です。
　第二に読み直すことです。そして第三に疑問があれば質《ただ》すことです。なかなか見えにくいとは、実のところは目に見えるという意味にとれませんか？　ダンスホールをイナバウアーにたとえるのは結構ですが、でもそれだとイナバウアーが観客の視線を浴びるように、ダンスホールも読者の目にさらされることになりませんか？　僕の書いたたとえ話が論旨をねじ曲げているならその点を指摘すること、文章に矛盾があればそこを突くことです。それをこのように、第一から第三まで僕がぜんぶ自分で引き受けて反省までしてしまわなければならないのでは、メールをやりとりする甲斐《かい》がありません。

あと今回の質問、「書いているうちに登場人物が勝手に動き始めて」うんぬんといった、そのようなオカルト現象には僕は興味が持てないので、ほかのひとに訊いてください。

件名：私なりの検証その2

036
2010/03/16
07:23

「メールをやりとりする甲斐がありません」このひと言で、私の気持ちはまた奈落の底に沈みました。でもおかげさまで、ダンスホールを理解する上での混乱はなくなったように思います。ありがとうございました。

ダンスホール・クラシックおよびダンスホール・タッチは、そもそも1、2と並列させて語られるべきものではないのかもしれません。それぞれ、小説の書き進め方とできあがった小説の形式の名称だからです。これも混乱の原因のひとつでした。


メールをいただいてから、『彼女について知ることのすべて』をもう一度読み直しました。冒頭部分に「事件の後、わたしは物語を一から組み立て直そうと努めてきた。彼女との出会いから、あるいは出会う以前から始めて、集めた記憶を時間通りに並べては、飽きずに並べ替えることを続けてきた」とあります。

もちろん物語の主人公の視点から語られている内容です。

でもこれこそが「慎重にプロットを練って小説を書いていく方法」のひとつなのかもしれない、ダンスホール・クラシックを用いないときの佐藤さんの姿なのかもしれない、と思ったのです。いかがでしょうか？　私はこれを自らの混乱も省みず、ダンスホール・シャッフルと名づけたいです。

そして「ダンスホール・クラシックを用いないときの」と書きましたが、もしかしたらダンスホール・クラシックを用いているときも、つまり遠くに見える山の頂きへ登る道がまだわからないときも、佐藤さんはダンスホール・シャッフルを用いながら道筋を探しているように思えるのです。

いかがでしょうか？

「彼女との出会いから、あるいは出会う以前から始めて」なんていう部分は、のちに執筆される『身の上話』の内容にもぴったりと当てはまります。先に決められた冒頭と結末、そのあいだの未定の部分を言葉で埋めていくといっても、佐藤さんはその際「慎重にプロットを練って」、（ときには「表現との一期一会シンドローム」とも葛藤《かっとう》しながら）書き進めているのではないでしょうか？

これも読者側から見れば判別なんてできないのでしょう。検証などもってのほかです。

ただ、このインタビューの聞き手としての役割には、「小説を書く側の問題」を訊いていくことが大前提としてあります。巧妙な文章で、のらりくらりと質問をはぐらかされないために、ときにはこちらの勝手な検証も必要になります。「訊く側の問題」です。どうかご了承ください。

037
2010/03/17
16:30

件名：口述筆記

こんにちは。

突然出てきて恐縮です。佐藤正午秘書の照屋と申します。

正午先生ここ数日睡眠不足で身体がだるくて仕方ないということで、いまクッションを枕にしてソファに寝そべっています。べつに病気ではないみたいです。片手に東根さんのメールをプリントしたものを持って読んでいます。「これから僕が喋るから、喋ったとおりにキーボードを叩いてくれ」とさっき指示があったので、そのつもりであたしは待機しています。

「いいか？　喋るよ」

「どうぞ」

以下口述筆記です。

今回のメールは何のつもりなのか意図不明だな。どこに質問が書かれてるのかもわかりにくい。質問の内容もわかりにくい。まあ「いかがでしょうか？」って二回出てくるから、これが質問なんだろう。でも「いかがでしょうか？」って腕自慢の料理人みたいに訊かれてもね、僕はどう答えればいいんだろう？　おいしくいただきました、とでも答えさせたいんだろうか。おっしゃるとおり「慎重にプロットを練って」小説を書いていますと僕が認めれば、このひとは気がすむんだろうか？　何だよ、奈落の底って。このダンスホール・シャッフルって比喩《ひゆ》もよくわからないんだ。そもそも、慎重にプロットを練るって具体的にどういうことなんだろう。前回自分で書いておいてこんなこと言うのも何だけど、正直よくわからない。そういうのやったことないから。たとえばさ、いま書いてる「ダンスホール」、この小説では五月から十二月までに起きる出来事を書いてるんだけど、それは最初からきっちり決めていたわけじゃなくて、ごめん、ちょっとタバコ取ってくれる？

正午先生寝不足なのは冷蔵庫の調子が悪いのが原因らしいです。長年台所に置いてあるスリードア冷蔵庫の一番上の冷凍庫から一日中奇妙な音が洩《も》れているそうです。そんなに大きな音じゃないから昼間のうちは気になりません。こうやってパソコン打ってもあたしの耳には届きません。でも正午先生、夜中に灯《あか》りを消して寝るころになると耳につき始めるんだそうです。そばに寄ってぜひ聞いてみろと言うので、さっき冷凍庫のドアを開けて耳を近づけると確かに「ゴーーッ」と何か喉につっかえたような音が鳴っていました。以下口述筆記再開。

いま書いてる「ダンスホール」は、ある年の五月から十二月までの物語なんだけど、でもそれは最初からその期間の出来事を書くと決めていたわけじゃなくて、とりあえず、冒頭は十一月の設定で小説を書き出したんだよね。十一月下旬の三連休、その初日の晩に拳銃の発砲事件が起きる。で、そこから自然な時間の流れに沿って先を書いてたんだけど、途中で登場人物の過去に触れる必要が出てきた。どこまでの過去が必要かと考えてみたら五月くらいが適切だった。だから今度は五月のゴールデンウィークにさかのぼって、そこから登場人物の過去をたどって、書いてるうちにまた十一月下旬まで戻ってきた。それで小説はだいたい百二十枚くらいになった。あたたっ、また抜け目だよ、ついてないなあ最近。次のレース買うから少し待って。

触れないでおこうかと思いましたが、正午先生口述筆記のかたわら競輪のインターネット投票やってます。携帯電話片手に。テレビはスカパーのスピードチャンネル映してます。冷蔵庫の話を続けると、「ゴーーッ」という音は一回鳴ってひとまず止みます。それから三秒ほどしてまた鳴ります。「ゴーーッ」。三秒無音。「ゴーーッ」。その繰り返しです。一日中鳴ったり止んだりが規則正しく繰り返されているそうです。夜中ベッドに寝ていると正午先生の耳にはそれが誰かの鼾《いびき》に聞こえるんだそうです。誰かというのは昔つきあっていた女性のことではないでしょうか。おとなしめの鼾です。でもいちど耳につくと気になって眠れないみたいです。眠るのを諦めてずっと起きてるみたいです。窓の外が明るくなるまで、台所の椅子にすわってタバコ吸いながら冷蔵庫のかく鼾を聞いている。冷蔵庫買えよ、とあたしは思います。いまのは買ってどのくらいになるのか訊いてみたら十三年だそうです。あたしならすぐに冷蔵庫買い替えます。でも正午先生は辛抱して結果寝不足なのです。以下再び口述筆記。

それで原稿はだいたい百二十枚くらいになって、それだけ書けばもう文体は固まってる。小説のトーンは決定している。そうでないと百二十枚も書けない。出来不出来は別にして。百二十枚書いてみて、このあたりが物語の三分の二くらいだなと見当もつく。あと三分の一、たぶん十二月下旬くらいまで時間が進んでこの話にはけりがつくだろう。どうせ十二月下旬ならラストはきりよく十二月三十一日大晦日《おおみそか》ということにしよう。で、以前から懸案の「あなたに会えてとても嬉しいです」という台詞、これを誰かが口にするのは大晦日。まだ誰が誰にむかってそう言うのかは未定だけど、とにかくその台詞の出てくる場面はたぶん大晦日になるだろう。この小説の時間の幅は五月のゴールデンウィークからその年の大晦日までということでほぼ決まり。ここまで行き当たりばったりで、厳格な時間設定なんかしないで書いてきたけど、三分の二まで書いたところでようやくそれが見えてきた、そういうこと。やっぱりさ、ダンスホール・クラシックでも何でも実際書いてみないと見えないことってあるんだよね。電話、出てみてくれる？


「大久保さんからですよ」

「ああ、留守だと言って」

大久保さんというのは「ダンスホール」の担当編集者です。

原稿の進み具合をしきりに気になさっています。担当者として当然でしょう。

ちなみに原稿依頼時の枚数は百枚、締め切りは去年の十二月上旬でした。

結局そういうことなんだよね。書くとこまで書いてみて、そこで整理してみると時間の流れを図表にもプロットにもできる。五月から十二月まで出来事を起こった順番に並べて、全体を俯瞰《ふかん》して見ることもできる。でもそれは書いたあとで、もしくはある程度書いたところでやろうと思えばできることで、小説を書き出す前にふつうそれはやらない。少なくとも僕はやったことない。私はいつもやってる、と言うひとがいてもべつに文句はないけど。だから「いかがでしょうか？」と自信たっぷりの料理人みたいに訊かれてもさ、申し分ないですよ、とは答えられないよね。僕が実際やってることは、そういうのとは違うんだから。ダンスホール・シャッフルの定義もいまいち曖昧だしね、そのとおりですとはとても言えない。はい、今回は以上。いま打ったとこまで送信しといてくれる？　終わったら帰っていいよ。

「いいんですかこのまま、推敲《すいこう》もしないで送っちゃって」

「うん。たいした質問じゃないし、そのくらいでいい。うわ、最悪！」

「どうしたんですか」

「ハコサンだよ」

ハコサンとはいったい何のことでしょうか。

とにかく正午先生、次のレースもはずしたみたいです。
では送信します。

038
2010/03/17
20:05

件名：東根ユミ携帯より

照屋さん、質問があります。
よろしければ正午先生の冷凍庫の中身を教えていただけませんか。

039
2010/03/17
23:23

件名：冷凍庫の中身

いまチェックしました。
冷凍食品二種（皿うどん、鍋焼きうどん）、六枚切りの袋詰め食パン（残り三枚）、ハーゲンダッツのアイスクリーム二カップ（どちらも溶けかかっています）、一膳分ずつ小分けしてラップで包んだご飯二つ、アイスノン、製氷機の氷。

三月十七日現在、正午先生の冷凍庫の中身はそんな感じです。アイスノンが場所を取っています。

040
2010/04/07
10:21

件名：質問攻め

東京ではさくらが満開です。

ゆうべは上野公園でお花見をしてきました。

正午先生はお花見に出掛けたりするのでしょうか？　さくらの花を見上げながらふとそう思いました。思いましたというより、このインタビューのことを思い出しました。それからは、お花見の気分もそぞろに、いろいろな質問が浮かんできました。

正午先生は最近話題のTwitterでつぶやいたりしていないんですか？　ブログを書いたり、書いてみたいと思ったりしたことはありませんか？　作品の中に登場する女性の自称を、「私」ではなく「あたし」と表記することが多いのには何か理由があるんですか？　秘書の照屋さんは普段どんな仕事をしてるんですか？きょうの晩ごはんは何ですか？　いつもおひとりで食べてるんですか？　あたしはハウステンボスには行ったことがありますけど、佐世保でお花見するとすれば正午先生のおすすめはどこですか？

041
2010/04/08
01:03

件名：低調

日本人が全員僕みたいな人間だったらと夢想することがありますが、もしそうだったら、満開の桜の下で、大勢で座りこんで酒飲んで酔っぱらうような集まりはこの世からなくなると思います。だれも参加しない。夜はまだ冷えるし、着替えて外に出るのも、ひとと喋るのも面倒だし。

あと日本人が全員僕みたいな人間だったら、燃料がガソリンだろうと電気だろうと車は1台も売れないし、テレビの地デジ化も進まないし、腕時計や財布とおなじようにブログとかTwitterとかも用なしになると思う。でも本屋は結構儲かる。出版社もうるおう。冷蔵庫はだれも買い替えない。パチンコ屋と競馬場は閑古鳥が鳴き、そのかわり競輪は国技になる。全員が小説を読み、小説を書いて小説家になるけど、50過ぎた人間は仕事に行き詰まることもあると思う。

ゆうべは1月に出た文庫の「打ち上げをしましょう」と言って編集者が佐世保まで来てくれたので、無精髭剃《ぶしょうひげそ》って気合い入れて外出しました。木楽屋さんという店で晩ご飯御馳走になりました。今後のことに話が向いたとき、いま仕事に行き詰まってると弱音を吐いてみると、作家のかたはみなさんそういう時期がありますよね、とあっさり慰められました。そういうものなのか、とは思ったけれど、毎月毎月発行される雑誌にはたくさん小説が載っているし、新聞には毎日毎日新刊の広告が出てるし、そういう時期の作家が僕以外にどこにいるんだろう？　という気もしないでもありません。でもまあそんな話よりなにより、正午先生って、気安く呼びかけるのはやめてもらえないでしょうかね。気味が悪い。

042
2010/04/18
13:28

件名：質問攻めその2

先週末、取材の仕事がはじまるまで少し時間が空き、鞄《かばん》に入れておいた『side B』を読みました。

正午さんの大好きな競輪について書かれた文章をまとめた一冊を、夕方、スーツ姿の人が行き交う丸の内にある喫茶店で読みはじめたのです。競輪についてはさっぱりわかりませんでしたが、「まえがき」の言葉がとても印象的でした。

僕は若い頃から本を読み、文章を書き、そしてそのかたわら競輪とつきあってきた。

正午さんは若い頃、どんな本を読んでいたんですか？　初めて小説を読んだのはいつ頃ですか？　その作品は何ですか？　漫画も読みましたか？　そんな昔のことは憶えていませんか？　集中的に読んだ作家はいますか？　本を読むことから文章を（小説を）書くことへ飛躍するきっかけみたいなものが、何かあったんですか？　読むことと書くことは正午さんにとってどう結びついたんですか？　小説を書きはじめるまでに影響を受けた作家や出来事はありますか？　話が逸れますが、きょうは競輪で儲かりましたか？

043
2010/04/21
20:23

件名：低調その2

その『side B』という本の「まえがき」にある若い頃とは20代をさしています。子供の頃という意味じゃないんです。

初めて小説を読んだのは子供の頃です。ひとはたいてい子供の頃に初めて小説を読むでしょう。親から買って貰うか、家の本棚で見つけるか、学校の図書室で出会うか、読書感想文を書くため無理矢理読まされるか、違いはそれくらいで。

最初の1冊が何だったのか、そんなこと54にもなって思い出せというほうが無理で、でも思い出したふりして書くことはできるし黙って書くのが小説家の仕事かとも思うけれど、またおなじ質問かという気もしないでもなく、そんな気がするということは過去に回答した憶えがあるわけで、きっとエッセイ集のどこかに書いていると思う。東根さんはちょこちょこ僕の小説のタイトルを持ち出して、気を引くようなことを書いてくるのが得意なので、何冊かあるエッセイ集のほうで、答えは探して読め、と言いたい。

本を読むことから文章を書くことへの飛躍、というけれど、べつに本を読むことをやめて代わりに小説を書き出したわけではなく、本ならいまでも読んでいるし、4年前心の病にかかったときは活字を目で追うのが苦痛で往生したこともあったけれど、いまはほぼ回復してるから老眼鏡さえかければ若い頃とおなじように読める。若い頃にどんな本を読んでいたかといえばおもに小説で、『小説の読み書き』という本で取り上げた作家を中心に読んでいたわけで、読むことと書くことがどう結びついたかはその本を読めばわかるんじゃないかな、と答えることになるけれど、東根さんは『side B』を読んでも「競輪のことはさっぱりわかりませんでした」というくらいだから、『小説の読み書き』を読んでも何もわからないかもしれない。競輪は、儲かるくらいなら毎日毎日小説を書いたりはしない。正午さんと呼ぶな。

件名：質問攻めその3

044
2010/04/25
13:38

まず読者のみなさまのために。『小説の読み書き』の210ページをご覧ください。「吉行淳之介は僕にとって初めての小説家で」と正午さんは初恋の思い出のように書かれています。探しました。またエッセイ集『私の犬まで愛してほしい』の中では、「のどかな田舎町の小学生」が諫早市立図書館で「借り出してはむさぼり読んだ」小説のことが少し書かれています。何冊もあるエッセイ集から探しました。一度読んだはずなのに、正午さんすみません。

探している最中、作家の野呂邦暢さんにまつわるエピソードにも興味を奪われました。『私の犬まで愛してほしい』や『ありのすさび』などにあります。そこで〝恋人〟とまで喩《たと》えた作家が一九八〇年五月七日に亡くなられてから丸三十年が経ちます。そもそも正午さんはどうして小説というものに惹かれたのでしょうか？　小説を必要とする何かきっかけがあったんですか？　野呂邦暢さんはいま

——も恋人ですか？　小説の魅力って正午さんは何だと思いますか？　書き手となったいまでも小説は好きですか？

045
2010/04/27
13:14

件名：照屋代弁

こんにちは。秘書照屋です。またのこのこ出てまいりました。

今回は口述筆記ではありません。私の独断で書くことにしました。

一昨日のことですが、東根さんのメールを印刷して正午先生に届けたところ、一目見るなり、無言で破かれてしまいました。眉間に深い皺《しわ》が寄っていました。眉も片方つりあがっていました。返信を書くどころではありません。私が思うに、「正午さん」連発がまずかったのではないでしょうか。怒りがおさまるまで時間がかかるでしょう。

正午先生、現在「ダンスホール」前編執筆中です。

締め切り直前です。

予定より長くなった小説を前編・後編に分けて、前編のみを5月発売の「小説宝石」に掲載していただく話がまとまったようで、三分の二まで書きかけていた原稿をまたゼロから書き直しているところなのです。ゼロからというのは文字通り「0」からで、「ダンスホール」には1の前に0とナンバーをふられた冒頭のパートがあります。その一行目は、チラ見したところではこんな感じでした。

いまから四年前、私の身に災難がふりかかった。

「ダンスホール」は私小説ふうということでしたから、私の想像では、二〇〇六年の自分自身の心の病について書いているものと想像されます。きっとそうに違いありません。病気の小説を毎日書いて、登場人物の「私」に没入しているせいか、正午先生近頃また胃薬と安定剤服用しています。無精髭も伸び放題で、元気ありません。冷蔵庫は依然、奇妙な鼾をかき続けています。これを書いている私は、少し正午先生に同情的です。

これまでさんざん嫌みを聞かされてきたことだし、たまには立場を入れ替えて、からかってみたくなる東根さんの悪戯心《いたずらごころ》もわかります。質問攻めも悪いとは思いません。

でも、ここからは私の印象と意見ですが、気持ちのこもらない質問をむやみに書き並べるのはどうなんでしょう？

コンピューターのクイックピックみたいな個性のない質問を連発されて、毎回イラッとする正午先生の気持ちもわからないでもないのです。なにしろ正午先生病弱なうえ癇癪《かんしゃく》持ちですから。胃薬と安定剤はそのせいもあるのかもしれません。

私が申し上げたいのは、東根さんご自身には恋人がいますか？　初恋の作家はどなたかいらっしゃいますか？　というようなことです。正午先生の昔の恋人について、個人的に、どうしても訊ねたい動機がおありですか？　ということです。たとえばいま、東根さんには大事に思っている作家がいる。その作家の書くものは東根さんに魔法のような働きをする。その作家の文章に触れることで、単調な人生が変わる。モノクロの日常に、読む時間、色彩がつく。仮にそうだとする。でもそういった作家の魔法はいったいいつまで持続するのだろう？　作家が死んで新作を読めなくなり、自分がおばさんになった三十年後も、それは消えずに保たれているのだろうか。それとも現実の初恋の人の笑顔みたいに不確かになり、もう思い出そうとしても思い出せなくなってしまうのだろうか？　どうなの、正午さん？　そんなふうに、ご自身の実生活にひきつけて、そのうえで正午先生の古いエッセイ集から野呂邦暢の名前を拾い上げてお訊ねになるのであれば、正午先生の対応もまた違ったものになるのではないでしょうか。

これは喋るインタビューではなく「書くインタビュー」で、当然、東根さんが受け持つのは「書く質問」です。ものを書くのは一人の人間です。東根ユミが本名なのか職業上の筆名なのかは存じ上げませんが、いずれにしても名前を名乗って質問文を書いておられるのですから、正午先生にも、読者である私たちにも、もう少し前に出てきてご自身の「お顔」をお見せになったらいかがでしょう。いいえ見せるべきなのではないでしょうか。私が言いたいのはそういうことです。

件名：「私」

046
2010/05/31
17:35

一九七八年十二月。

当時二十七歳の彼は、横浜市にある百貨店を訪れました。彼の職業は国内線旅客機の副操縦士で、その日は夕方、福岡から羽田空港に戻り、いつものように空港での業務を済ませ、駐車場に停《と》めておいた買ったばかりのスカイラインで自宅のある横浜へ戻ったのです。百貨店に寄ったのは、クリスマスの夜に両親と食べる七面鳥を予約しておくためです。実は彼は鶏肉が大の苦手でしたが、一人息子と過ごす聖夜を毎年楽しみにしている両親のために仕方なく駅前の百貨店に寄り道したのが実情です。

そこで彼は、食料品売り場の販売員として働く女性と出会いました。頬《ほお》のえくぼが特徴的な二十二歳の女性です。そのときふたりの間にどんな言葉が交わされたのか、どんなハプニングや経緯があったのか、彼が新車をダシにナンパをしたのか彼女がパイロットという職業や博多土産の明太子に目が眩《くら》んだのか、詳しくはわかりませんが、ふたりはその日の晩、中華街で遅めの夕食をともにしました。そして「とにかく手が早かったの」と彼女がのちに語るとおり、出会ってから数週間後のクリスマスの夜、彼は彼女を自宅に招いて両親に紹介しています。

一九七九年五月二十六日（大安）。

ふたりは横浜市郊外にある教会で挙式をしました。新婚旅行はハワイです。往復の航空チケットはもちろん無料です。彼女にとってそれは初めての海外旅行でした。職場の同僚たちのためにお土産（チョコレート）をたくさん買ってきたのに、フロアの輸入食品コーナーでまったく同じ品物が売られていたことをあとから知り、とてもがっかりした思い出をいまでもよく話します。

新婚旅行からおよそ一年後の一九八〇年春、彼女はその職場を離れることになります。彼からはつねづね「世間体もあるし、仕事を辞めて家庭に入ってほしい」と言われていましたが、退職のきっかけは彼女の妊娠でした。喜びとともに、「お腹の中でまったく別の生命が居座っている怖さ」もあったと言います。退職の日の終業後、当時デビューしたばかりの松田聖子の「裸足の季節」を同僚たちに合唱してもらい、彼女は送り出されました。そのときは笑顔でしたが、どういうわけか夫の待つ家に帰宅すると、彼女の目からは大粒の涙が溢《あふ》れてきました。

市内の産婦人科で彼女がぶじ女の子を出産したのは、一九八〇年十月二十五日早朝のことです。

一九八〇年十月二十五日。

生まれたその日のことを、赤ん坊の私が憶えているはずもありません。二九七〇グラムだったそうです。父がはじめ、この年引退した偉大なアイドルにあやかって私を「百恵」と名づけようとしたところ、母だけでなく祖父母からも反対され、「仕方なくあきらめた」と言います。

一九八七年。
私は自宅から歩いて十五分の場所にある小学校に通いはじめました。幼なじみのミサトと同じ通学班です。道すがら、地面をせっせと歩くアリを見つけては彼女と立ち止まり、公園の生け垣の陰にある大きな石をひっくり返してはダンゴムシやミミズの動きをずっと見つめて、よく上級生を困らせていました。決して同級生の男の子みたいに手で触ったりはできません。しばらくの間ただじっと見ているだけです。自分で言うのも何ですが、ちょっと珍しいタイプの女の子だったと思います。そんなせいもあって、昆虫や動物の図鑑をよく見ていました。読むというより「見る」感じだったはずです。

一九八九年。
ある晩のことです。家のガレージから車のエンジン音が聞こえてきました。私にとってそれは父の帰宅を知らせる音で、その夜は眠い目をこすりながらずっと待っていたのです。春から国際線にも乗務するようになった父と、久しぶりに会える夜でした。パジャマ姿で玄関先まで迎えにいくと、父から「ほら、お土産だぞ」と一冊の本を手渡されました。見覚えがある本です。まだ幼稚園に通っていた頃、母に読んでもらった絵本『はらぺこあおむし』でした。くねっと曲がったみどり色の胴体にみかん色の頭をしたあおむしが、表紙に大きく描かれています。ただ、リビングに戻ってページを開くと、その『はらぺこあおむし』は私の知らない国の言葉で書かれていました。見慣れた絵の横には、何かの間違いのように私の知らない言葉らしきものが並んでいます。まずそれが不思議でした。そして漠然とですが、遠い国で誰かが私と同じように「あおむしの本」を読んで（読み聞かされて）いると思うと、それも不思議に思いました。

父はそれから、アメリカやヨーロッパの絵本をよく買ってきてくれました。『はらぺこあおむし』みたいに見覚えのあるものは少なく、まったく私の知らない絵本がほとんどでした。ぼんやりと印象に残っているのは、うさぎがカメラを覗《のぞ》いている絵のある一冊と、男の子が森の中でバイオリンを演奏している絵の一冊です。アルファベットを憶える絵本や、海外のクリスマスの習慣を紹介するような絵本もありました。私は夢中になって何度も繰り返しページをめくりました。

こんな可愛い絵を自分でも描いてみたいと思いました。子供心に日本のそれとは何となく違う色づかいや筆致、紙の手触りや本の匂いにも興味を持ちました。文章は読めませんが、絵からストーリーを想像するのも楽しみの一つでした。

同じクラスのSくんのことが少し気になりはじめたのはこの頃です。


一九九二年。

前の年からSくんとは違うクラスになりました。でも学校の廊下ですれ違ったり、校庭でサッカーをしている姿を目撃したりするたびドキドキしました。

一学期後半のその日、Sくんとちょうど同じタイミングで給食当番になったことがありました。給食の時間になると、各クラスの当番は給食室から教室まで、料理をワゴンに載せて運ばなければなりません。ひとクラス四十人分くらいのシチューの入った大きな鍋を、私がひとりでワゴンの上に持ち上げようとしたところ、すぐ横からエプロン姿のSくんがさっと現れ、手を貸してくれました。鍋にのびた腕が逞《たくま》しく見えて、私は「ありがとう」と言うのがやっとでした。

その年、夏休みの読書感想文のために『赤毛のアン』を読みました。ミサトやクラスの友達と同じような女の子らしい小説を書店で選びました。私の記憶に残っている初めての小説本です。Sくんがあのとき給食当番でなかったら、あのとき私を手伝ってくれなかったら、その記憶はあやうく『ファーブル昆虫記』や『シートン動物記』になるところでした。主人公のアンは、明るくて活発でおしゃべりな女の子です。私の性格とは正反対の彼女の暮らしを疑似体験しているような面白さがありました。ページをめくっている間まったく違う自分になれる、少し大げさに言えばそんな感覚です。この読書体験以降、『赤毛のアン』と同じ児童文学コーナーに置かれていた物語を、私はしばらく読みあさりました。『小公女』や『若草物語』、『秘密の花園』などです。

その秋、小学生としては最後となる運動会で事件が起こりました。徒競走のゴール寸前のところで、私は思いっきり転んでしまいました。なかなか立ち上がれなかったのは、校庭に打ちつけられた痛さよりも、それが衆目に晒《さら》されている恥ずかしさのせいです。左膝《ひだりひざ》と両肘《りょうひじ》、それから顎《あご》の下を擦りむいた私の耳に、すでに競技を終えた男子たちの笑い声が聞こえました。ミサトに付き添われた保健室で私は泣きました。大声で笑っていた男子の中で、Sくんもまたいっしょになって笑っていたのを見てしまったからです。おかげで中学受験に集中できました。目標、都内にある女子校。受験では転びませんでした。

一九九四年。

折原みとの小説『時の輝き』がクラスで流行《はや》りました。二年二組です。「もう途中からずっと泣いてた」「すごく切なくなったよ」。教室じゅうがこの話題で持ちきりの時期が確かにありました。私も読みました。泣きました。看護学生の主人公にある不幸が訪れるのですが、その悲しいムードに、Sくんに笑われたあの日の自分をどこかで重ね合わせて泣いていたように思います。病院の屋上で花火をするシーンは、いまでも印象に残っています。

この頃は、自分で読みたい本を選ぶよりも、クラスの話題に乗り遅れないようにみんなと同じものを優先していました。芸能雑誌「明星」や占いの本なんかもみんなでキャーキャー言いながら楽しみました。本ばかりに留《とど》まらず服とか持ち物とか、さらには言動に至るまでみんなとお揃《そろ》いでした。そして流行の極めつきは、「初めてデート」です。本気の（中学生なりの）恋愛というわけではありません。流行です。私も初めてデートしました。クラスのみんなと同様、相手は近くの中学に通う同じ学年の男子です。二学期はじめの土曜日、渋谷で待ち合わせをして映画を観てから、ふたりでハンバーガーを食べて、駅で別れました。それだけです。そのとき彼と何を話していたのか、彼の名前さえまったく憶えていません。ちなみに映画は、彼の希望で『平成狸合戦ぽんぽこ』を観ました。私は『ライオン・キング』が観たかったです。

一九九六年〜九八年。

エスカレーター式に高等部へ進学しました。同級生が少し増えただけで教室の雰囲気は変わりません。「non-no」「MORE」といったファッション誌が人気でした。ただその頃から私は、クラスの潮流と自分の志向に若干のズレを密かに感じはじめていました。ちょっとついていけない、その場では楽しいのにあとで自分の中に残るものがあんまりないように思いはじめていたのです。それを解決してくれたのは中等部の頃ないがしろにしていた部活でした。

高等部でも幽霊部員の巣窟《そうくつ》として位置づけられていた文芸部に籍だけは置いていました。実際には帰宅部の状態です。どういう気まぐれだったのかは憶えていません。高校一年秋のことです。たまたまその日の放課後、部室を覗いたことがありました。図書室の隣、中庭に面した小さな窓がある狭い部室でした。校内の騒がしさからぽつんと隔離されたような静かな空間です。窓を背にして椅子がいくつか置かれ、両側の壁一面の棚には本がきれいに並べられています。その部屋でひとり椅子に腰かけて本を読んでいた人が、一瞬あれっという表情を私に向けました。同じ制服姿でも見覚えのない顔だったので、二年か三年の先輩だと察しがつきました。きっと気まぐれを起こした私のような幽霊部員に、部室を覗かれることに慣れているのでしょう、先輩はふたたび手もとの本に目を落としました。そこで、失礼しましたと部室から出ていれば私の人生は変わっていたのかもしれません。でも私は壁一面の本棚に吸い寄せられるように部室の中へ足を踏み入れ、しばらくそれを眺めていました。整頓された本棚には、教室の話題には挙がらないタイトルや著者名ばかりが並んでいました。「これ読んでみる？」気づくと先輩がすぐそばに立っていて、一冊の文庫本を私に差し出しました。森瑤子の『情事』でした。先輩からそれを借り、帰りの電車で読みはじめました。家に帰ってからも部屋にこもって読みふけりました。そして漠然とですが、傷つきながらも強く生き抜く大人の女性に憧れました。数日後、読み終わったそれを返しに行くと、部室ではやはり先輩がひとりで読書していました。お礼を言って鞄から『情事』を取り出すと、「これも読む？」と言いながら先輩は本棚から田辺聖子の『ジョゼと虎と魚たち』を抜き出しました。魔法をかけられたように従順に私はそれを鞄にしまいました。今度は短編集でした。

こうして幽霊部員の部室通いがはじまりました。一冊読み終わったらまた部室へ行き、他の本を借りて読む、そしてまた部室へ行く、毎回必ず一冊ずつ、一冊読み終わるまで二日のこともあれば、数週間かかることもありました。中には作家のエッセイ集や、寺山修司や銀色夏生の詩集もありましたが、小説作品が大半でした。先輩が卒業する一九九八年の春まで、三浦綾子や山田詠美など勧められるまま、まるで誰とでも寝る女のように取っかえ引っかえどんな小説でも受け入れました。数で言えばこれまでの人生でいちばん小説を読んだ時期です。

一九九九年。

小説みたいな恋愛をする機会に恵まれないまま、私は都内の大学に入学しました。文学部英文学科です。六年間女子校に通っていたので、キャンパスに男子がいることが新鮮でした。ひとり暮らしもはじめました。新歓コンパで知り合ったKと付き合いはじめました。

二〇〇〇年十二月三十一日。

夏の終わりからカナダのトロントへ短期留学していたKが、関西国際空港に帰国します。Kの実家は和歌山にあります。私は空港まで彼を迎えに行きました。やっと会えます。三か月ぶりです。東京とカナダ、海を越えた遠距離恋愛も大人の女っぽいはず、と自分に言い聞かせてKに会えない寂しさに耐えてきました。少しでも弱気になったら、張りつめていた細い糸がすぐにでもぷつりと音を立てて切れてしまいそうな三か月でした。そんな彼と新しい年を、そして二十一世紀を迎えたい、あわよくば彼の両親に新年のご挨拶ができるかもしれないというかなり積極的な筋書きから、せめて彼といっしょに初詣くらい行きたいというささやかな願いまで胸に秘めて、和歌山市内のホテルも予約してありました。

スーツケースを転がし到着ロビーに現れたKが私の姿を認め、こちらに向かってきました。こういうときは何て言葉をかけていいのかと迷っていると、彼は素っ気なく「あ、来てたんだ」と言いました。空港からふたりで和歌山駅行きのリムジンバスに乗りました。シートに並んで腰かけてからKは無言でした。窓際の席で流れていく景色をずっと眺めています。三か月ぶりなのにまったくこっちを見てくれません。長旅の疲れもあるのかもしれません。私は私で三か月の空白のせいで、何だかぎこちない感じになってしまい話しかけるきっかけを摑《つか》めないでいました。せっかく再会できてこんなに近くにいるのにたがいにひと言も喋らず、喋れもせず、重たい空気でした。その沈黙を破るように、彼は両手に抱えたデイパックの中から写真の束を取り出しました。私に見せるふうでもなくそれを一枚一枚丁寧にめくっていきます。横目でこっそり覗くと、どこかのスケート場やショッピングモールやチャイナタウンらしき街並み、それからナイアガラの滝の写真も何枚かつづきました。ひと目でそれがナイアガラの滝なのはわかりましたが、私は思いきって彼に「それどこ？」と訊きました。間抜けな質問なのは自分でもわかっていました。でも何でもいいから話し出すチャンスがどうしても欲しかったのです。たったひと言でもいい、この沈んだ雰囲気をなんとかするチャンスが欲しかったのです。二、三秒間を置いて、彼は写真に目を落としたままぼそりと「ナイアガラ」とつぶやきました。なおも写真はめくられ、しだいに風景から人物が撮られたものが多くなりました。私の知らない人たちと、私のよく知る彼が楽しそうに肩を並べています。彼はそこでやっと向こうでの思い出に浸るように語りはじめました。日本人留学生の仲間たちとどこかの湖畔へ行ったこと、メジャーリーグの試合を観戦したこと、ホストファミリーの家でハロウィンの仮装をしたこと、クリスマスには（私にカードを送ったことは割愛して）ホームパーティーのはしごをしていっぱいお酒を飲まされたこと、そのときdrunkardとみんなに呼ばれたこと……エピソードは尽きません。最後の写真はホストファミリーの娘さんと彼のツーショットでした。私より少し年上に見える青い目をした女性でした。リビングで撮影した一枚だと話します。彼女の腕が彼の上半身にしっかりと巻きついていました。バスが和歌山駅前に着きました。

「ごめん」翌日からの予定を私が切り出す前に、Kは言いました。「彼女のことが好きになった」

二十世紀最後の日、私は奈落の底につき落とされました。泣きました。ホテルの予約を取り消して、関空から羽田へ帰る機内でずっと泣いていました。大晦日最終便の機内は空席が目立ち、人目をはばかる必要もありません。最悪の気持ちのまま私は今世紀を迎えました。あとからわかることですが、このとき機内でひとり娘が号泣している姿を、父が目撃していました。その日、ロサンゼルスから関空への乗務を終えた父は、客室の最後部に座って羽田へ戻るところでした。デットヘッドと呼ばれる便乗移動です。少し前のシートから聞こえてくるすすり泣きが、まさか自分の娘だとは思わず、化粧室へ立ったボロボロな顔の私を見て「しばらく開いた口がふさがらなかった」と言います。あまりにあられもない姿だったから声もかけられなかったようです。私はまったく気づきませんでした。

二〇〇三年。

Kと別れたあと何人かの男性と付き合いましたが、いずれも長続きしません。すぐ宙ぶらりんに戻ります。男性を信じられない、何を信じていいのかもわからない状態のまま私は大学を卒業し社会人になりました。就職先は都内の小さな出版社です。もともと大学三年の頃からアルバイトしていた会社でしたが、文学部女子の就職活動はなかなか思いどおりに進まず、バイト先に泣きついたかたちで採用してもらいました。はじめはバイト時代と同様、コピーをとったり色校を切り抜いたり近くの郵便局へ荷物を台車で転がしていったりする雑務がほとんどでしたが、そのうち翻訳もののビジネス書のゲラを読ませてもらいました。原書の英文と日本語訳を比べる楽しみは、学生時代の課題とはまったく違うものでした。小説も読んでいましたが、高校時代のような感動はもうなかったというのが本音です。どこか冷めた目で読んでしまい、心から楽しめる作品にはなかなか出合えませんでした。

二〇〇五年。

他社の下請けで、情報誌の編集を手伝うようになりました。取材先のリストアップ、取材の依頼、カメラマンの手配、日程の調整、それからやっと取材して、原稿をまとめ写真やテキストのレイアウトを考え、取材先の担当者に確認してもらう、目がまわるほど忙しい日々のはじまりです。初めてひとりで任された記事は、「徹底追跡！　銀座・新宿・渋谷ワンコインランチ」でした。

二〇〇七年。

一身上の都合で、ライター稼業専門になりました。都内のマンションで何とかひとり暮らししています。

二〇〇八年五月六日（大安）。

ミサトが学生時代から付き合っていた彼と結婚しました。披露宴の帰り、「平気平気」と私は何度も呪文《じゅもん》のように唱えました。ブーケもキャッチできませんでした。

二〇〇九年七月。

「小学館の人がさ、インタビューアーを探しているみたいなんだけど、東根さんやってみない？」

「あたしが？　あたしが誰にインタビューするんですか？　ちょっと電波が遠いんですけど」

「佐藤正午っていう作家の人、聞こえる？」

「あ、読んだことあります。……タイトルすぐに出てこないけど。で、どんなスケジュールですか？」

「いやそれがさ、伊藤ことこって前に紹介したことあったよね？　ほら、うちの忘年会か何かで。彼女がメールでインタビューしてたらしいんだけど、途中でやめちゃったみたいでさ」

「え？　伊藤さんが？　メールで？」

「とりあえず担当者の携帯番号教えるから、詳しく聞いてみてよ。何か急いでるみたいだから」

ところで正午さん、先日発表された「ダンスホール」前編についてそろそろ質問してもいいですか？

047
2010/06/02
01:04

件名：続・照屋代弁

こんばんは。深夜便です。いま自宅からこれ書いてます。

正午先生、「ダンスホール」後編執筆中です。

今日仕事場へ東根さんのメールをプリントアウトして届けたところ、受け取り拒否されました。

例のごとく無精髭で、肘掛け椅子の背にもたれて、私の手もとをちらっと見て、

「何枚あるんだよ」と訊いてきただけです。

「八枚ですね」

「長っ」

「インタビューの質問文としては前例のない長さですね」

「かわりに読んで返信しといてくれ」

「自分で読んだらどうですか。むこうだって忙しいのに時間取って書いてくれたんだ

から」

「いやだ。小説書いてるとき下手なもの読むと、下手がうつる」

でも正午先生読むと思います。なんであろうと書かれたものがそこにあれば読まずにいられない人ですから。

プリントアウトしたメールは台所のテーブルに置いて帰ってきました。今日は夜食に稲荷寿司の差し入れをしたので、その皿の横にさりげなく置いてきました。だから必ず読むと思います。たぶん今頃、インスタントのお吸い物と一緒に稲荷寿司つまみながら、台所のテーブルで、鼾をかく冷蔵庫のそばで、東根さんのメールを読んでいるのではないでしょうか。

どうぞ次回は「ダンスホール」前編についての質問投げかけてください。

Ⅲ

Re：小説の舞台

件名：二つの既視感

048
2010/06/14
20:20

「ダンスホール」前編（「小説宝石」六月号掲載）を拝読しました。このインタビューで半年以上にわたり話題の中心にあった作品をようやく読むことができました。ダンスホール、あなたに会えてとても嬉しいです。

「私小説ふう」ということでしたが、この作品もいわゆる「パイ構造の一人称小説」になっていますね。

メモを取りながら、何度も読み返しているうちに質問したいことがA4の紙二枚になってしまいました。少しずつ質問を書いていきます。まず冒頭のパートです。正午さんふうの語り手がこう言っています。

これから語るのは、その年の秋も深まってからの出来事なのだが、誰にとってというのではなく、不都合な事実は伏せたり敢えて曲げたりしなければならなかったし、固有名詞はなるだけ実在のものを避けた。私はふたたび小説を書こうとして書いたのだから、どうしてもそういう手間は必要だった。

この部分にちょっとした既視感のようなものがありました。『小説の読み書き』のなかで指摘されていた、吉行淳之介さんの短編「寝台の舟」の書き出し、「むかし話を一つ、します」という一文と似た性格を持っているように私には思えたのです。どこがどう似ているのと思ったのか。それは、この部分（一文）があるのとないのとでどれくらい物語に違いが生まれるのだろう、わざわざこんなふうに断りを入れなくても物語を先へ進められるのではないか、と思える性格を持ち合わせている点です。あくまでこれは私の主観なので、とんだ見当違いでしたら身も蓋もないんですけど、ここで思い切って質問です。吉行さんは「この一行を消したり書いたりして結局残した」とあとがきで述べているそうですが、正午さんはこの部分を書き入れるかどうかで多少迷われたりしましたか？　どうして「ダンスホール」にはこういう性格の（と私が勝手に思っている）部分を書く必要があったのでしょう？

Ａ４二枚のメモのなかには、もう一つ既視感のようなものがありました。

西聡一という登場人物です。

「主任」という会社での肩書き、それから結婚や離婚にまつわるエピソードなど、どこかで読んだことがあると思っていたら『正午派』に所収されていました。

「西主任シリーズ」と呼んでいいものでしょうか、聡一という名前までは記されていませんでしたが、「ダンスホール」の一部にはこの「西主任シリーズ」の続編というかアナザーストーリーみたいな側面がありました。

これまで「ダンスホール」に関してのやりとりで、「西主任」のことは一度も触れられませんでした。いいえ、私の力不足でそこまで話を引き出せませんでした、と書くのが適切だと思います。

ここでもう一つの質問です。

「ダンスホール」のなかに「西主任」を登場させようと決めたのはどの段階だったのでしょうか？　書きはじめる前、冒頭の拳銃発砲場面を考えたときには、もうアイデアとしてあったのでしょうか？　「あなたに会えてとても嬉しいです」という書き手としてのゴールを見据えたときですか？　それとも難航の末に第二稿を書き出した頃でしょうか？

件名：「0」問題

049
2010/06/22
00:38

大きくわけて2つの質問のうち、まずあとのほうからいきます。

西主任についてです。

「きらら」で連載していた「西主任シリーズ」の最終回はタイトルが「離婚」といい、これは別居中の妻が西主任の家にやってきて離婚話になります。と同時に、妻が現在同棲している男の離婚問題もこじれているので、福岡にいるその男の奥さんに会って離婚届にハンコを貰ってきてくれという無茶な頼み事をされます。西主任は断りきれず、翌日、羽田空港へむかう、そこで話は終わっています。

いかにも続きがあると言いたげな終わり方ですね。実際、僕は続きを書くつもりでいました。福岡では会うべきひとに会えず、九州各地を転々とするはめになり、はては西主任が日本じゅうを旅してまわる話として「きらら」の連載を続け、毎月100文字で延々回を重ねていく書き方も考えました。でもそれはやめました。やめたのは、僕のやる気と、編集部の意向と、あと（たぶん）読者の期待度のバランスの問題です。うまく折り合いがつかなかったのです。そういうことはおうおうにしてあります。とにかく連載は2008年の夏で終了しました。それから1年経って、『身の上話』を書き上げましたが、西主任の福岡行きは実現しません。羽田で足止めくったままです。なんとか片をつけたいと思っているところへ、100枚の小説を書いて「小説宝石」に載せませんか？　という渡りに船みたいな話が来ました。で、僕は仮のタイトルを「ダンスホール」と決め、次に、「きらら」での連載中にはなかった西主任の下の名前を考えるところから始めたのです。

冒頭の拳銃発砲事件を考えたのはそのあとです。したがって西聡一を「ダンスホール」に「登場させようと決めたのはどの段階だったのでしょうか？」という質問への回答はこうなります。最初からです。僕は最初から「西主任シリーズ」の物語の続きが書きたかったのです。福岡へ飛び立ったあと彼がどうなるのか僕自身知りたかったのです。

次の質問にいきます。

こっちの回答はびみょうな問題をふくんでいます。

小説の「語り」、または「文体」に関する問題です。僕は今回の小説「ダンスホール」をいままで避けてきた文体を採用して書きました。初めて小説を書いたときから54歳の今日まで避けてきた書き方です。

で、さらにびみょうなことに、僕はまだこの小説を書き上げていません。いま後編をその書き方で書き続けている最中です。ですから最後まで書き上げてから（もし最後まで書き上げることができたら、という意味にもいまの段階ではなりますが）完成した作品として全体を見渡し点検して、この質問にはお答えしたいと思います。

「この部分があるのとないのとでどれくらい物語に違いが生まれるのだろう、わざわざこんなふうに断りを入れなくても物語を先へ進められるのではないか」という東根さんの疑問は、よく理解できます。実をいえばご指摘の箇所をふくむ前編冒頭の「0」について、僕自身おなじ疑問を抱えていたのです。確かに、西聡一の物語を書きたいのなら普通に「1」から始めても支障はないはずだ。何度読み返しても、支障などないような気がする。では、なぜこの「0」が必要なのか、なぜこれがなければ先へ書き進められないのか、自分でも最初のうち、いや最初どころか「0」を書いたあともしばらく理由がわからなかったのです。

それがある日、つい最近のことですが、1冊の小説を読んでいてふいに、こういうことではないのか？　と腑《ふ》に落ちる考えが頭に浮かびました。そういう経緯もあわせ、回をあらためて文章にしたいと思います。約束します。

050
2010/06/25
18:14

件名：小説の舞台

約束、指きりげんまんです。

引き続き「ダンスホール」前編についてです。ただ今回は「ダンスホール」から少し話題が飛躍します。ここを逃すともうこの質問をするチャンスはないかもしれません。小説の舞台に関する件です。

西聡一が訪れる「福岡のもっと先のほうにある地方都市」というのは、正午さんが暮らす佐世保の町を意識して書かれているように思えました。「私小説ふう」ですから、佐世保をモデルにされるのはごく自然のことのようにも思えます。できれば「ダンスホール」前編を片手に、市内の繁華街のどまんなかを歩いて確認したいところでしたが、そんな取材出張が許されるはずもなく、佐世保観光情報センターのホームページにアクセスしてみました。

いくつかある観光マップのなかで、「山県町周辺エリアＭＡＰ」が目にとまりました。

「ダンスホール」前編に描かれたニチレイ通り、センニチ通りにあたる名称がそこにありました。それぞれ日冷通り、千日通りと漢字で記されています。二本の通りの近くには、東京からやってきた西聡一が、夜の繁華街で目印にしていた（と思われる）交番までありました。このように書いているのは、私が小説の舞台とよく似た場所を見つけたことを、ひとりで喜んでいるわけでも、誰かにひけらかしたいわけでもありません。

素朴な疑問があるのです。

どうして「佐世保」という地名を、「ダンスホール」のなかにズバリと書かれないのでしょうか？　いいえ「ダンスホール」だけではありません。正午さんの小説作品では、佐世保あたりではないかと思われる場所がこれまで何度も舞台になっているように読めます。でも私の知る限りおそらく一度もそこが「佐世保」

であると明記されたことがないはずです。まるでこの地名の使用を避けているような印象さえ私にはあるのです。

『Y』や『ジャンプ』や『5』には、作品の舞台となっている東京の地名がたくさん登場しています。『身の上話』では、都内を脱出したミチルが行く先々の町の名前までも詳しく記されています。下北沢、蒲田、二子玉川、浜田山、旭川、京都、小豆島などが登場して、佐世保だけ地名をぼかす何か特別な理由があるのでしょうか？

私のように佐世保の繁華街へ（小説の舞台へ）行ったことがない読者でも、観光マップをわざわざ確認しないまでも、正午さんが（小説家が）小説のなかに描き出す風景によって、各々の佐世保の町を（小説の舞台を）頭のなかでイメージしているとは思うのです。でもそれを正午さんは「佐世保」とは明記されない。町の名前をぼかすこと（もしくは明記すること）で、小説にはどういう効果がもたらされるとお考えですか？

現在ご執筆中の「ダンスホール」後編に「佐世保」の地名が使われていたら、また身も蓋もないメールになる恐れもありますが、思い切ってメール送信します。

件名：Re：小説の舞台

051
2010/07/01
02:33

メールの最初にある「ここを逃すともうこの質問をするチャンスはないかもしれません」という表現は本気なのか、筆がすべっただけなのか気になるんですが、もし本気でそう思ってるのなら大いなる勘違いなんですね。逃して惜しいチャンスがこのロングインタビューにありますか。いつでもなんでも訊けばいいんです。今回訊き忘れたら次回、あとで思いついたらあとで、1回訊いた質問でももう1回、訊き直せばいいんです。似た質問でもまったくおなじ質問でも繰り返して、しつこいよ、なんべん言わせるんだ？　とこちらが答えたくなくなるくらい訊けばいいんです。

むしろそれがないから、つまらない、という場合もあります。衆院選の投票行きましたか？　行きません。わかりました、では次、ブログとかツイッターはやりますか？　やりません。わかりました、では次、「ダンスホール」に西主任を登場させようと決めたのはどの段階ですか？　最初からです。わかりました、では次。とても物わかりがいい。こちらとしては、そのほうが楽で助かります。でも、物わかりのよさは、表と裏がひっくり返れば、物足りなさに変わるんです。なんか、いいひとだけど、たいくつ、と思えてくるんです。口答えしない恋人みたいなものです。口答えしないひととつきあったことあるんですか？ と訊いてください。あります。口答えしないひととのつきあいは、だんだんそのひとの言うことを真剣に考えなくなっていく危険をはらんでいます。

今回の質問。

「ダンスホール」の舞台が「正午さんが暮らす佐世保の町を意識して書かれているように思え」たのなら、それでいいんじゃないでしょうか。なにか不都合がありますか。書かなくてもそこが読み取れるのなら、どうしてわざわざ「佐世保」と書いてみせなければならないのか、こっちが訊きたいくらいです。

「ダンスホール」後編、今日ひととおり書き終わりました。ひととおりとは、こないだ最後の1行まで書いたものを、書き直して今日また代わり映えしない最後の1行にたどりついた、というくらいの意味です。他人の書いたものは、ここをこう直せばいいんじゃないのかと読んですぐ欠点が見えたりもするのですが、自分で書いたものは、とくに書いたばかりのものは見えません。ほかの作家はどうか知りませんが、僕にはよく見えません。締め切りまで少し時間があるので、しばらく寝かせて、もう1回最初に戻って手を入れることになります。よく見えないものをどうやって直すのかというと、手探りと勘です。頼りないですね。

052
2010/07/14
20:04

件名：Re：Re：小説の舞台

たとえばの話です。

自分で書いた原稿の欠点が見えづらい小説家がいます。何か月もかけてやっと書き上げた原稿ですが、手探りと勘を頼りに、何度書き直しても自信が持てない部分があったとします。そこで小説家は藁《わら》をも摑む思いで、担当編集者に原稿を送り、問題の部分について「もう少しこう書き直したほうが面白くなるような気がするんだけど、どう思う？」と訊ねます。

編集者の返答はこうです。

「○○さんがそう思われるなら、それでいいんじゃないでしょうか。なにか不都合ありますか」

何のたとえ話を書いているのかというと、「佐世保」という地名を小説のなかに用いない理由を訊ねているにもかかわらず、「(あなたが佐世保と思えたなら)それでいいんじゃないでしょうか。なにか不都合ありますか」という言葉を返されたインタビューアーの気持ちです。

不都合ありますか、と問われていますので答えます、不都合あります。というか、ここでは私の都合はそれほど関係ありません。

メールの文面は「書かなくてもそこが読み取れるのなら、どうしてわざわざ『佐世保』と書いてみせなければならないのか、こっちが訊きたいくらいです」とつづきますが、「福岡のもっと先のほうにある地方都市」と書くのと「佐世保」と書くのとでは、どっちが「わざわざ」なのか、また新たな疑問も生まれました。「佐世保」という言葉を避けて、遠まわしな表現をわざわざしているのは、正午さんじゃないんですか？　繰り返しになりますが、小説のなかで「佐世保」だけ地名をぼかすのは、何か意図があるのではないですか？

「ダンスホール」後編も書き終わったということで、「0」問題での約束とともに、こちらのわざわざ「佐世保」と書かない疑問にも、お答えいただけないでしょうか？

053
2010/07/16
13:33

件名：Re：Re：Re：小説の舞台

福岡のもっと先のほうにある地方都市というのは「佐世保」ではないのかもしれません。僕にもよくわからないんです。「ダンスホール」は現実の佐世保の地図を机にひろげて書いたわけではないので、読んだひとの目にどう映るか、読んだひとの目におまかせしたい気持ちがあります。
「福岡のもっと先のほうにある地方都市」というのは、東京に住んでる登場人物の口から出た台詞ですから、東京から見て、福岡よりもうすこし遠いところにある町、という意味になりますね。僕の認識もそのくらい、登場人物とおなじ程度です。だから現実の佐世保もひとつの候補ではあるわけです。

でも西主任の乗る電車の、福岡から先の路線図は僕の頭のなかでは白紙です。大分方面に向かったのかもしれないし、熊本方面に向かったのかもしれない、あるいは佐世保・長崎のほうに行ったのかもしれません。まあそれはさほどこだわる問題でもないかな、地方都市のひとつ、であればいいわけで、わざわざ「佐世保」と特定する必要があるかな、というのが東根さんがどうしてもひっかかる「わざわざ」に僕がこめた意味です。

亀吉が「朝日茶舗」を構えたのは、「栄町」。現在の三ヶ町商店街のアーケード沿いにあたる。

この商店街は、佐世保駅近くからスタートする四ヶ町商店街から続くアーケード通りで、両商店街の全長は約一キロにも及ぶ。

アーケード街の中央を過ぎると、佐世保の顔である「玉屋デパート」がある。その前身は「田中丸商店」。（中略）

この店から駅と反対方向の道路を隔てて二軒目。

そこに、亀吉は「朝日茶舗」を出店した。

現在、この場所では洋品店と食肉店が営業している。アーケードに覆われた商店街には、当時の面影はほとんど残っておらず、「朝日茶舗」が存在した形跡もきれいに消え去ってしまっている。近年はこの商店街にも空き店舗が目立ち、行きかう人も、以前よりはずっと少なくなっている。

（中島岳志『朝日平吾の鬱屈』筑摩書房）

佐世保が出てくる興味深い本があるとひとに勧められて読んでみました。『朝日平吾の鬱屈』、去年の秋に刊行された本です。

朝日平吾というのは実在した人物名で、亀吉はその朝日平吾のお父さんの名前なんですが、まあそれはここでの話には関係ありません。こんな場所に引用されて著者は迷惑かもしれません。現実の佐世保について書くとこんなふうになると思います。栄町も、三ヶ町・四ヶ町両商店街も、玉屋デパートも、佐世保市民なら知らないひとはいません。

でもこれは小説ではありません。大正時代後期、実在の人物が現実に手をくだした暗殺事件について書かれた本です。暗殺を実行し自刃《じじん》した朝日平吾という男は子供の頃、お父さん達といっしょに佐世保に住んでいたのですね。それで著者は、本を書くにあたって、手間を惜しまず、佐世保の地図をひろげるどころか、現地に足を運んでいるのです。現実に佐世保という町がいまもあるのですから、そこを訪れてみてその町のことを書くというのは当然だと思います。そういう書き方の本があって、引用文のように佐世保の町が書かれるのはよくわかります。でも僕は小説「ダンスホール」ではそういう書き方をしていないし、しようとも思わなかったのです。佐世保の町を歩きまわって取材して小説を書いたわけではありません。僕は机の前にいて、最初から最後までそこから一歩も動かずに書いています。地図にあたることもしません。手間を惜しんだということではなくて、小説書きにかける手間というのは、そういうことはまた別の手間になると思うのです。

ですから「ダンスホール」に出てくる町が現実の佐世保とはまったく違うと佐世保をよく知ってるひとに言われれば、それはその通りなのです。逆に、センニチ通りやニチレイ通りが出てくるから佐世保ですよね？　と言われても、とくに否定もしません。東根さんが「ダンスホール」前編を読まれて、これは佐世保だと思われたのならそれで僕はちっともかまわないのです。なにか不都合があるのかな、といまでも思うのですが、「あります」というお答えなので、僕としては、困ったな、とここに書いておくしかありません。

僕にはその不都合はどうしようもない。この小説には名前のない登場人物が何人か出てくるし、べつに佐世保の地名だけをぼかしているつもりはないのですが、地名をぼかすのは何か意図があるのかと訊かれれば、もともと名前のない町を書いているからだと答えるほうが話は早いかもしれませんね。

件名：Re：Re：Re：Re：小説の舞台

054
2010/07/22
10:08

おはようございます。

メールをいただいてから、あわてて『朝日平吾の鬱屈』を神保町の書店で探して買ってきました。正午さんのおっしゃるとおり小説ではありませんでした。丁寧な取材を通して書かれた、いわば実録です。「もともと名前のない町」といった舞台も出てきません。

まだです。まだ「小説の舞台」に関連して質問をつづけさせてください。

その前に、ひとつお断りしておきたいのは、「佐世保」に限らず小説のなかで舞台の地名を明記しないこと、「もともと名前のない町」が小説の舞台となっていることに、私はまったく否定的ではないという点です。本を「神保町の書店で探して買ってきました」とは書かずに、たとえば「書店がたくさん立ち並ぶ町で探して買ってきました」とあってもあまり不都合はないと思うのです。そういう小説は他にもたくさんあります。

でも私の不都合はそこではありません。

私にとっての不都合は、小説のなかにとどまらずこのインタビューでも小説家に自らの暮らす町について、はぐらかされている気分になることです。私自身の問題だと思います。どうか質問をつづけさせてください。

「取材には一番苦労しましたね。二子玉川については、自分も何度か訪れたし」

（「本の旅人」二〇〇七年二月号より）

『5』の単行本を刊行された際、正午さんはインタビューでこう話しています。

二子玉川は主人公の津田伸一の自宅がある場所です。

また『ジャンプ』の序盤では、三谷純之輔と南雲みはるが歩く蒲田駅周辺のようすが、こと細かに（ファミリーマートやサンクスなどコンビニだけでもこれだけ詳細に）描かれています。こちらも実際に駅前通り商店街を歩いて、綿密な取材を重ねられたのかもしれません。

「ダンスホール」のご執筆で、佐世保の地図を広げたり町を歩いたりしなかったことはよくわかりました。

では、その舞台を「もともと名前のない町」として描くのと、わざわざ取材の手間をかけて実際の町の名前とともに描くのとでは、どんな違いが作品にもたらされるのでしょうか？　小説の舞台をどこにしようかと考えられるのといっしょに、この場面の舞台は名前のない町にしようとか、ここはちょっと取材が必要だけど（たとえば二子玉川や蒲田の）町の名前を明記して書き進めようとかいった選択が、正午さんのなかにあるのでしょうか？　またそれを判断する基準みたいなものが何かあるのでしょうか？

取材とはまた別の「小説書きにかける手間」というのも気になりますが、「小説の舞台」に関してあと少し教えてください。

追記。今日は「小説宝石」八月号の発売日です。「ダンスホール」後編が掲載されていることを祈って、のちほど十時半の開店と同時に近所の書店へ走ります。

件名：Re：Re：Re：Re：Re：小説の舞台

055
2010/07/27
13:31

奥付には2007年5月とあるのでまる3年以上前に出た本で『溶ける街　透ける路』（多和田葉子・日本経済新聞出版社）という1冊の旅行記があります。これは著者がある期間に実際に旅をした50ほどの町について、新聞に1年間書いたものを単行本化したものです。

誰もが知っている大きな都市から名前を聞いたこともない小さな町まで、著者はわけへだてなく旅をします。この本の特徴は、もとは新聞連載だから当然といえば当然でしょうが、大小50ほどの町の名前をタイトルにした文章が、すべて平等に4ページ足らずの短さでまとめられている点です。訪れた先がどこであろうと、ひとつの町についてその短さで文章を書いてしまう、4ページ足らずで書きあげて、そしてまた次の町へ移動する。そういう旅の連続、つまりは本の構成が、僕みたいな旅慣れない人間にはとても贅沢でかっこよく映って、それでちょっと興奮して読み終えた記憶があります。

　ひとくちに旅行記と言ってくれない本なんですね。たとえばアメリカのトゥーソンという町を訪れたときの文章。「砂漠の中の町だと聞いて」いたという簡潔な説明は出てきますが、町の地図はくだくだ引用されたりはしません。なにしろ短い文章ですから。そのかわり、散歩の途中に刺さったサボテンのとげが、3日も経って数本手首から突き出てきて、地元のひとに見てもらうと、「それはとげを抜く時に肌の下に残ってしまった部分が吐き出されて出てきているだけでしょう」と教えられる、そんなエピソードが書いてある。それで終わりです。僕だったら、せっかくアメリカまで行ったんだから、書き残したことがまだあるんだと後ろ髪ひかれてだらだら1冊分くらい書いてしまいそうですが、そういうはしたなさはこの本にはない。潔いです。クールというんでしょうか。そこが僕には魅力なんです。

　だから読後に、べつにこの本に不満があってというわけではなくて、むしろ逆、こんな本を僕も1冊書けないだろうかと、佐藤正午版短文旅行記の可能性を探ってみました。そのときの結論として、実際に訪れた町のことを書くのはこの本の著者のように書くべきひとがほかにいるわけで、僕のような、2006年秋の「心の病」以来佐世保から一歩も外に出たこともないような者が真似しても始まらない、それより出無精な作家なりに取り組むべき旅行記があるんじゃないか、という考えにたどり着きました。いわば架空の旅行記、架空のエピソードでつづられた本です。実際に訪れたことのあるなしにかかわらず書いていく。大小さまざまな町について、それも世界各地といえば柄じゃないので日本国内の沖縄から北海道まで50箇所ほどピックアップして、想像上の旅行を続けて書いていく、1回の旅行につき4ページ足らずの短い文章を。その自分のアイデアにまたちょっと興奮して、物わかりの良さそうな編集者に相談してみたところ、一蹴《いっしゅう》されました。正午さん、それより長編書きましょうよ、と言われてそれっきりになりました。それより長編書きましょうよ、というのは、それ以上その話は聞きたくないというときの編集者の決め台詞なんですね。たいがいの編集者が自分のものにしています。

さて。

ここから東根さんが見つけてきた「本の旅人」２００７年2月号のインタビューの話になります。「取材には一番苦労しましたね。二子玉川については、自分も何度か訪れたし」という僕の発言についてです。

これがどうも、僕には自分の発言のように思えないんです。佐世保の仕事場を一歩も動かず架空の旅行記を書こうと思い立つような人間が、長編小説ひとつ書くために現実の取材旅行なんかするだろうか、それもおなじ町を「何度か」訪れるような手のこんだまねをするだろうか？　まずそこから怪しもうと思えば怪しめます。

こう言うと他人事のように聞こえるかもしれません。他人事なんです。問題のインタビューがおこなわれた時期はちょうど「心の病」発症で小説書きの仕事を休んでいた時期と重なっています。当時の僕は、回復した現在の僕にとってはもう彼と呼びたいくらいの遠い他人なんですね。彼がどんな質問にどういうつもりで答えたのかよくわからないし、実をいえば彼がうけたインタビューじたい僕の記憶にないんです。

いくらなんでも二子玉川に実際に行ったかどうかは憶えてるだろうと言われるかもしれません。正直、行った記憶はありません。でもその記憶にも自信が持てないんです。行ったのかもしれないし、行かなかったのかもしれない。先日、ある友人とご飯を食べているとき沖縄の話題が出たので、「沖縄なら2回行ったことがある」と言うと、「えっ、いつ、誰と？」とひどく驚かれて、驚かれたはずみに返事に詰まりました。結局、いつ誰と沖縄に行ったか、最後まで思い出せないままでした。いまなお思い出せません。友人は僕が出無精なのを知っているので口から出まかせだと思ったみたいでしたが、僕は嘘をついたつもりはないんです。確かに沖縄には2回くらい行ったはず、という記憶はある。二子玉川のケースとは逆に、行った記憶はあるのに、その記憶に自信が持てない。行ったか行かなかったか曖昧な点はどっちもおなじなんです。どっちも行かなかったのかもしれない。どっちも行ってるのかもしれない。でも思い出せないんだからどっちでもおなじことですね。このように、2006年秋以前の記憶にはいまも欠けて戻らない部分が多々あります。

ただし、書いた小説のことは私生活よりはいくらか、はっきり憶えています。『ジャンプ』も『5』も登場人物の移動が多い物語でした。とくに『5』は、主人公があちこち電車を乗り継いで見知らぬ女性たちと待ち合わせをする物語でした。そのためにいくつも架空の町をでっちあげて地図を作るような苦労は最初から放棄して、実際に東京にある電車の駅名でまにあわせたんじゃないかと思います。いっぽう今回の「ダンスホール」は登場人物の移動の少ない話なんですね。東京↓福岡↓福岡のもっと先の町。その3つの場所の行き来で終わる話です。ですから「福岡のもっと先の町」のところに、小説家らしく架空の（と言ってしまいますが）町をひとつでっちあげてみせる余裕もあったんじゃなかろうかと思います。

じゃあなぜその架空の町に名前をつけないんだ？　と聞かれるかもしれません。なぜなんでしょうか。架空の町の名前を考えるのも小説家の苦労というか楽しみというかのひとつでしょうからね。それはわかります。でも小説を書きあげてみると特に要らない気がしました。名前を明かすまい明かすまいと意識して小説を書いていったんじゃなくて、明かさないまま不都合なく小説が書きあがってしまったんですね。不都合があれば、いつでも名前を出すつもりで準備はしていたのですが。ちなみに登場人物の何人かに名前がないのも、理由はおなじです。

056
2010/08/24
18:18

件名：あるはずのものがありません。

『5』に描かれた、名前のある町を「実際に東京にある電車の駅名でまにあわせた」なんてにわかに信じられませんでした。二子玉川、千駄ヶ谷、代々木上原、神保町、荻窪、渋谷、（東京を離れて）袖ヶ浦、海ほたる、川崎、横浜、東所沢、新座……『5』の主人公が訪れる町の一部です。東京だけに留まらず、千葉、神奈川、埼玉と主人公は盛んにあちこち移動しています。

確かに、東京に住んでいる私でも、これらの場所をすべて取材して廻ろうとしたらひどく骨が折れるはずです。骨が折れるはずですが、それにしても二〇〇六年の秋以降、佐世保の町から一歩も外に出ていないというのは驚きを通り越して、もはや私にとってはおとぎ話のような暮らしぶりに思えます。

そこで思い出したのは「人に会うと不幸になる」という言葉です。正午さんが作ったこの格言は、一九九五年に書かれ、のちに『ありのすさび』に所収された「四十歳」と題されたエッセイに登場します。町から一歩も外に出なければ、人に会う機会もめっきり減ることでしょう。『豚を盗む』所収の「人嫌い」のなかにもこの標語が「常に頭の隅にある」と書かれています。ちなみにいま私の手もとにある辞書（広辞苑・第六版）では「人嫌い」の用例としてたったひとつ「人嫌いで有名な作家」とありました。それから、こちらは小説ですが『アンダーリポート』のなかでも「人が人に出会うと不幸が生まれる」といった台詞が何度か出てきます。

正午さん、余計な心配かもしれませんけど、ひとりで寂しくなったりしませんか？　五十五歳の誕生日を迎えられようとしているいまも、四十歳の頃と変わらず「人に会うと不幸になる」とお考えですか？

小説家というと（これは私の妄想もありますが）、時に文壇パーティーなどに出席して普段は面識のない同業者や関係者と交流を深めるといった華やかなイメージもあります。新聞や雑誌からの取材で記者や編集者からたくさんの名刺をもらうこともあると思います。また（これは妄想ではありませんが）近ごろでは直接会わないまでも「Twitter などを通じて同業者はもちろん、読者や書店の方と言葉をかわす小説家もいるようです。読者もきっと嬉しいでしょうし、書店でも販売により力を注いでもらえたりするのかもしれません。でも正午さんは、町から一歩も出ないし Twitter もやらない。こうなるとなんというか、刊行された自著が話題になったり、同業者の小説がベストセラーになったりすることが、どこか遠い世界での出来事のように思えてきたりしませんか？　余計な心配かもしれませんけど、それで正午さんは心細くなったり、不安に苛《さいな》まれたりしませんか？

ところで。「ダンスホール」後編（「小説宝石」八月号掲載）を拝読しました。何度も繰り返し読むことになりました。繰り返し読み直して探しました。「あなたに会えてとても嬉しいです」という台詞を、です。

もしかしたら見落としているのかもしれない、正午さんは自ら命名した「ダンスホール・クラシック」という手法で、結末（近く）のこの台詞めがけて書き進めると確かに言っていたはず、私やこのインタビューの読者だけに向けてこっそり教えてくれたはず、「あなたに会えてとても嬉しいです」とメモ書きされたPost-itもご自宅のiMacに貼り付けられていたはず、きっとどこかにあるはず、何度もそう自分に言い聞かせて探しました。

見つかりませんでした。

あるはずのものがありません。メニューの最後にあったはずのデザートが出てこないような心境です。

「ダンスホール」を最後まで拝読して、また伺いたいことが山ほど増えたのですが、まずこの件です。「あなたに会えてとても嬉しいです」はいったいどこへ行ったのでしょうか？

057
2010/08/27
18:18

件名：臨機応変

どうも、おとぎ噺《ばなし》のような暮らしぶりの作家です。

前半の心配はおっしゃるとおり余計ですね。心配の内容がではなくて、心配すること、それ自体が余計です。

年平均1冊をうわまわるペースで着実に本を書きつづけている目上の作家を、25も年の離れた同業の娘さんが心配するというのは理にかないません。心配したほうがいいのは今後の自分の長い人生、ライター稼業の行く末でしょう。

あと、おなじ目上の物書きでも、たとえば「けいりんマガジン」(白夜書房)連載中の「私的競輪随想」の筆者、松山稔さんを心配するというのならわかります。彼は失業中だからです。プロフィールにそう書いてあります。知り合いでもなんでもないですが、失業者の身の上は心配ですね。もちろん当の失業者にすれば余計な心配かもしれません。でも、心配すること、それ自体はこの場合、読者として余計ではありません。ちなみにこの「私的競輪随想」は面白いんです。毎月「けいりんマガジン」のこのページを真っ先に読んでいます。どこが面白いのか。軽妙なというか、めまぐるしいというか、とにかく力みなく読ませる文章も魅力ですが、なにより「このひとどうなっちゃうんだろ。今月はどうなってるんだろ」と心配させられるところが面白いんです。失業中といいながら競輪ばかりやってそのことを書いてるわけですから。

毎月読んでいて気づくんですが、高みの見物みたいな読み方をして「ああ、自分はこのひとみたいじゃなくて良かったな」と心のどこかで思っている。僕は着実で堅実な作家ですからね。でもまたすぐに気づくんですが心のある部分は高みからとび降りて、のめりこむ読み方をして「ああ、自分もこのひとみたいになれたらいいな」とも思っている。そういった矛盾した気持ちに揺さぶられるところがこの「私的競輪随想」の面白みです。つまり余計ではない心配の正体です。着実や堅実といった言葉から ほど遠い内容と文体が、読者の心配を揺り起こす力を持っているんですね。

僕が言いたいのは、ほんとに言いたいのかどうか自分でもわかりませんが、ひとの身の上を「心配」する、はらはらしながら見守るというのは、まず自分がそのひとじゃなくて良かったという安心、それから安心している自分への嫌気、物足りなさ、自分もそのひとみたいになれたらいいという憧れ、なんならなれるかもしれない、いまからでも、ちょっとしたきっかけさえあればという可能性、それらを同時に心に住まわせている状態じゃないかということです。自分のなかに「心配」の対象がひそんでいるんです。でも東根さんの僕を見る目はまったくの他人事ですね。おとぎ噺の登場人物に声をかけるように、正午おじいさん、だいじょうぶ？　ひとりで寂しくない？　寂しくたってあたしはもう行っちゃうけど、そんな突き放した感じですね。だから東根さんの「心配」は僕には口先だけに思われるんです。高みの見物のみ、つまり余計です。

後半の疑問については、確かに、「あなたに会えてとても嬉しいです」という台詞を山の頂きにひるがえる旗に見立てて、そこをめざして小説「ダンスホール」を書きました。ところが頂きにたどり着いてみると、みすぼらしく見えたんです。そういうことはしばしば起こります。あえてこんなもの立てておく必要はないと判断し、それで旗をおろして、畳みました。それだけです。

ダンスホール・クラシックは小説を書くひとつの手法ですが、たんに手法にすぎません。どうしても旗の下で記念写真を撮らなくちゃという決まりはないんです。あんまり固く考えないことです。料理にたとえたいのなら、デザートは出されなかったのではなく旬の食材に差し替えられたと考えればいい。臨機応変。

058
2010/08/31
15:40

件名：約束

こんにちは。将来に大きな不安を抱えている、スイーツ好きのフリーライターです。

「高みの見物のみ」ではありません。取材があればいくつも電車を乗り継いで現場に向かい、その途中で翌日の打ち合わせの時間変更の連絡が携帯に入り、打ち合わせのあとに予定していたまた別の取材先にスケジュール変更のお詫びの連絡をして現場に到着、取材が終わったらまた電車を乗り継ぎ仕事場へ戻り、原稿に集中しようとしたところでカメラマンから編集者から次々と電話がかかってくる、でもこの気忙《きぜわ》しい仕事もいつまでつづくのかまったくわからない不安もある。そんな私にとって、町から一歩も外に出ず、出る必要もなく、年平均一冊以上のペースで着実に堅実に本を書きつづけている目上の小説家の暮らしぶりには、正直なところ「憧れ」もあります。私も正午さんみたいになれたらいいな、地下鉄の乗り継ぎに、翌日のスケジュールに気を揉《も》むこともなく、東京から離れた静かな町で着実に堅実に仕事と向き合えたらいいなという「憧れ」があります。

「僕は今回の小説『ダンスホール』をいままで避けてきた文体を採用して書きました」と以前教えてくださいましたが（✉049）、全編を通して何度読み返しても「初めて小説を書いたときから54歳の今日まで避けてきた書き方」というのが、どういったものなのか私にはわかりませんでした。「ダンスホール」はこれまでの作品と文体がどう違うのでしょうか？

冒頭に「0」のパートを入れた理由とともに、「回をあらためて文章にしたい」と約束されたことをそろそろ教えてくださいませんか？

059
2010/09/27
14:37

件名：「ダンスホール」の文体および「0」問題

台風9号接近中です。

夜中に雨が降って、朝10時半頃起きると風もやんでいたのでもう通り過ぎたのかと思っていたら、まだだそうです。さっきおひるの弁当を配達にきたお姉さんに教えられました。これから接近するらしいです。今日は午後からの外出をひかえねばなりません。まあ台風が来なくても外出することはまれですが。

ちなみに月曜から金曜まで、注文に応じて日替わり弁当の配達に来てくれるお姉さんは、ついお姉さんと呼んでしまいましたが、僕よりもひとまわりほど年下です。きれいなひとです。シガニー・ウィーバー似です、『エイリアン』の。そんなことはどうでもいいですね。

文体の話いきます。

じつは簡単なことなんです。初めて小説を書いたときから54歳の今日まで、誕生日を過ぎたのでもう55歳ですが、僕は小説の地の文の、文末を過去形の「た」で揃えないよう気を遣ってきました。つまりこれまでは、文末が「た」の連続でつながる文章をなるべく避けていました。例をあげると長編『5』の書き出しはこうなっています。

彼は成田空港の出発ロビーでその女をはじめて見た。

一昨年の秋、十月第一週の火曜日のことだ。

正確にいえばセキュリティチェックを受ける前にいちど、彼は若い女たちのグループに目をとめている。そしていちどそのことを忘れさり、出国審査を終えたあとで、あらためて、そこに同じグループがいることに気づいて目を向けた。成田空港第2ターミナル、本館3階、B73搭乗ゲート前。

これら5つの文の文末の最後の1文字にのみ注目してみてください。「た」↓「だ」↓「る」↓「た」↓「前」と変化しながら進んでいきます。

これを「ダンスホール」では、「た」↓「た」↓「た」↓「た」↓「た」と連続するように書こうと決めたのです。その書き方を採用すると『5』の書き出しはこうなります。

彼は成田空港の出発ロビーでその女をはじめて見た。
一昨年の秋、十月第一週の火曜日のことだった。
正確にいえばセキュリティチェックを受ける前にいちど、彼は若い女たちのグループに目をとめていた。そしていちどそのことを忘れさり、出国審査を終えたあとで、あらためて、そこに同じグループがいることに気づいて目を向けた。成田空港第2ターミナル、本館3階、B73搭乗ゲート前での出来事だった。

簡単なことですね。要するに「ダンスホール」では、登場人物の会話をのぞいた地の文を全部、一文残らず、文末が「た」で止まるようにして書いたのです。手もとに「小説宝石」があるなら「ダンスホール」前編・後編の全文をチェックしてみてください。そうなっているはずです。小説を書き出すとき、今回はそう書こうと決めて取りかかりました。

なぜそんなことを考えたのか。理由は3つあります。

＊

理由は3つあります、と書いてから日にちが経ちました。

3週間くらい経ったと思います。3週間まえ、さきを続けようとして、肝心の3つの理由が自分でわからなかったのです。なにしろだいぶまえに考えたことですからね。たしか理由は3つあったはずなんだけど、メモもとってないし、すぐには思い出せない。それでいったん投げ出して、時間をおきました。そのかん「ダンスホール」を読み返したりして記憶をたどりました。だんだん思い出してきました。なぜ僕はこの小説を最初から最後まで、一文残らず、文末を「た」で止める書き方で書いたのか？いきます。理由はたぶん3つある。

1つは小説を書くときの自分との決め事です。今回の小説はこういう書き方でいこうという方針みたいなものです。たとえば、いつもはタバコとカタカナ表記するけどこの小説では漢字で煙草と書こうとか、そういう細々したことまで方針にはふくまれます。いつもは括弧《かっこ》やダッシュを多用するけど今回はどちらも用いずに文章を書いてみようとか。小説を読むひとにとってはどうでもいいようなことかもしれません。でもひとつ小説を書くたび僕はだいたいそのような個別の方針を立てて取り組みます。で、その方針にふくまれるものとして「ダンスホール」では「た」止めの文末があったわけです。

じゃあなんで「た」止めの文末なんて奇妙な方針を立てたんだ？　という疑問を抱かれると思いますが、そこで理由の2つめ、「ダンスホール」の語り手の病気の問題が浮上します。「ダンスホール」は中年の小説家が語る物語、というか彼が書いた小説の体裁をとっているわけですが、この小説家は病気です。はっきりした病名は書かれていませんが、おそらく心の病です。代金が777円になる3個のおなじパンを毎朝買ったりします。そのため小銭をきっちり777円分用意します。向かい合った相手の着ているパーカのフードを調節する紐《ひも》が左右おなじ長さでないことをしきりに気にしたりします。かつて僕自身が心の病であったとき、マンホールの蓋を踏まなければ道を歩けなかったというエピソードを憶えていますか？　あれと似た状態だと思います。そういう状態の人間が文章を書くとどうなるのか？　答えは、書けない、です。経験からいうと僕は書けませんでした。

でも仮説として、もし書いたとしたら、出来上がった文章はどうなるのか？　それを想像したときに、一文残らずすべて「た」止めの文末、という偏執狂的な文体がアイデアとして思い浮かぶわけです。心の病の小説家が文章を書く。病に抗《あらが》って書くのではなく、ほとんど無自覚のまま書いてしまう。ただし文末を「た」で揃えることに執着しながら。小銭をきっちり777円揃えて毎朝パンを買わなければ気がすまないのと同様に。

ところで、こう説明すると、では理由の1は理由になってないんじゃないかと思われるかもしれません。「た」止めの文末を採用した理由としては、2つめの理由だけでじゅうぶんではないのか。でも、それがそうではないんです。物事はそうきっちり割り切れません。理由の1があって初めて2つめの理由にたどり着く、という道順もありうるんです。

ちょっと寄り道して、『身の上話』を例に説明しましょう。

あれは「ですます体」の文章で書かれた小説でしたね。語り手の私が他人にむけて、たぶん目上の弁護士にむけて、自分の妻の身の上話をする。物語の内容からいって「ですます体」の採用が自然であるような気がします。でも順番としては、必ずしも物語が先にあったわけではない。物語が先にあり、そこから次に物語にふさわしい文体を探した、とは言い切れないところがあるんです。あれを書き出すとき、僕は『5』と『アンダーリポート』とふたつ未完成の小説をかかえていました。そこでまず考えたのは、書きかけの小説と似たような文体ではとても新しい小説を書き始められないということでした。なによりモチベーションの問題として。だからとにかく目先の変化なりとつけなければならない。『5』とも『アンダーリポート』ともかけはなれた文体で『身の上話』に取りかからなければならない。そうでないと新しい小説を書こうという意欲はわかない。それで僕は最初に、やみくもにと言ってもいいと思いますが、「ですます体」の採用を決めました。そしてそこから、つまり語り手の私が「ですます体」で物語を語っていくと決めたところから、聞き手として、目上の弁護士が想定される、つまり物語の状況がかたちづくられていくという逆向きの順番が確かにあったように思うのです。

もちろん、物語の内容について小説を書き出すまえに深く考えていけばとうぜん「ですます体」にたどり着いただろう、と推測することはできます。でも僕がここで言いたいのは、文体が先か物語が先か、文体がストーリーを決めるのかストーリーが文体を要請するのか、そこのところは経験からいって明確に区別できない、むしろ両者の行ったり来たりの擦り合わせから小説がかたちになっていくということです。いつだったかのメールで、僕が『身の上話』は「ですます体」ではない書き方もありだったかもしれない、と発言したのを憶えていますか？　あの発言はいま思えば無意味です。「ですます体」が物語を引き寄せ、また物語が「ですます体」を必要とした小説が『身の上話』ですから。僕の考えではあの小説はあれ以外に書きようがないのです。寄り道終わります。

3つめの理由は、小説を書くときはいつもそうなのですが、いままでやらなかったことをやろう、できればひとがやらないようなことをやろう、という考えがもとになっています。これは心がけの問題です。達成できるできないは別として、そういう考えがもとになければ、次の小説を書き出すのは難しいということです。

僕は長年、文章のうまいへたにこだわってきました。そしてうまく書くために長年、「た」止めの文末を連発することを避けてきました。若いころ編集者に忠告されたのか、文章読本で戒めてあるのを読んだのか、とにかく文末を「た」で止め続けると文章が単調になる、へたな文章になると考えていました。考えていたというより、「た」止め連発を避ける習性がキーボードを打つ指の先まで染みついていました。それでさきほど引用した『5』の冒頭部分のような書き方で長年小説を書き続けていました。それが間違いだったということではないんです。ただ、ほんとうに「た」止めの連続で書くと単調でへたくそな文章になるのか、自分で書いてみて実験するのもありじゃないか？　試しに1回だけ、と思いついたのです。だいいちへたな文章で小説を書いてなにが悪いんだろう？　現に文章のへたな小説家はいくらでもいるじゃないか。それでどうせやるならとことんというわけで、小説の地の文の文末すべてを「た」で止める書き方で通してみようと決めたのです。

で、じっさいやってみた結果が「ダンスホール」という小説です。

全文「た」止めの文末で通すという書き方は、前もって予想したとおり簡単でした。これまでの小説では文末が「た」で揃わないよう配慮して文章を書いていたのに、今回はその配慮が要らないわけですからね、そのぶん簡単という理屈になります。オチャノコサイサイ、最初はそう思っていました。でも書いてるうちに、理屈など飛んでしまいます。簡単に文章を書くことは機械的な流れ作業に近づいていきます。視線を下げて文末ばかりみて、まるで次から次へえんえんと文章の靴磨きをやってるような気分です。過去も現在も未来も、小説のどんな場面を書くにしても、とにかく文末を「た」「た」「た」「た」「た」「た」……と揃えて文をつなげていかなければならない。なぜがひでも「た」です。

やがて自分は自然に反したことをやっているという気分に襲われました。苦痛を感じるようになりました。作品に沿って説明すると、「ダンスホール」は「0」から10まで計11のパートにわかれていますが、そのうちたとえば5のパートの後半、浦安の西聡一の自宅に福岡の大越よしえの元ルームメイトから電話がかかってくる場面、ここを書くときいちど音《ね》をあげました。文末を「た」で止めるのではなく、動詞の現在形や形容詞で締められたら、もしくは体言止めが使えたら、「である」とか「のだ」とか書く自由があれば、この場面はもっと自然に、速やかに書けるだろうに、このままでは自分で両手を縛ってキーボードに向かっているも同然だ。

当時たまたま電話で話した友人に愚痴をこぼすと、相手はこう言いました。

「佐藤さん、そんな無駄なことはやめたほうがいいですよ。たとえ小説の文章を全部『た』止めで書いたとしても、読んだひとはだれも気にもとめませんよ」

「いや、でも、僕なら、1ページ読めば気づくと思うんだよね。もしそんなふうに書かれた小説があれば」

「それは佐藤さんなら気づくかもしれないけど、あたしは気づかないし、ほかのひとたちも気づかないと思う。いちいち文末を気にして小説を読んでるひとなんかいないから」

そうかもしれないと思いました。小説を読むとき文末を気にかけるひとなんていないのかもしれない。でも「ダンスホール」の文章を全部「た」止めにするというのは、小説を書く側の問題なんですね。そうしようと決めたのは僕で、決めた理由は3つあるわけですね。だから途中でやめるわけにいきません。

あるいは友人の言うとおりかもしれない。小説を読んでも、それがどんな文章で書かれているかなどだれも気にとめないのかもしれない。でも、だとしても、一編の小説の地の文が、その文末がことごとく「た」で終わっているというのは普通ではあり得ません。小説全文を読めば、一文一文の文末は気にとまらなくても、読後感のひとつとしてその普通ではない感触くらいは伝わるかもしれない。心の病が癒《い》えない作家が文末を「た」で揃えなければ気持ちが悪いという設定で書かれた文章が、全体として、読者のもとへ気持ちの悪い、とまでは言わなくてもあんまり良くないていどの感触くらいは運んでくれるかもしれない。そう都合のいいように考えて、苦痛を騙《だま》し騙し書き続けるしかありませんでした。


さて。

ここからようやく「0」問題の回答に入ります。

小説「ダンスホール」は1から10まではなく、「0」から10までのパートに分かれている。それはなぜか、1の前になぜ「0」が必要なのか、という問題ですね。

これも「た」止めの文体と絡んでくるのです。さっそくいきます。まず正直に言うと、この「0」は小説を書きはじめたときには存在しませんでした。僕はこの小説を最初、いままでどおり普通に1から書きはじめました。書き出しはこうです。

　十一月下旬の三連休初日、土曜九時をまわった頃、彼は私たちの町の繁華街のどまんなかに立っていた。その日東京から着いたばかりのよそ者だった。

　文末はきっちり「た」で止まってますね。とうぜんです。やる気満々で書き出した1行目と2行目ですから。そのやる気がすこしずつ殺《そ》がれていって、さっきも言ったように5の後半で音をあげていたころ、手を縛られて文章を書いているような、文章を書くことじたい苦痛であるような思いを味わっていたころのことです。ある1冊の小説を読みました。積極的に手に取ったのではなく、秘書の照屋くんがいなり寿司の差し入れといっしょに食卓に置いてくれていたのです。で、インスタントの吸い物を作るためお湯を沸かしながら、その文庫本を手に取って開いてみました。するとさらさら読めてしまいました。

　ちなみにあとから照屋くんに聞いた話ですが、それは東根さんの中学生時代に「教室じゅうがこの話題で持ちきり」になったほどの有名な小説ということでした。もうおわかりですね？　中学生がこぞって夢中になるくらいですから、今年55歳の僕がさらさら読めてしまうのもあたりまえかと思います。著者もまさか、僕みたいなひねたおじさんは読者として想定していなかったでしょう。そのことはたんに憶測ではなく、小説に書かれた文章からも読み取れます。

職員室からカバンを取りに教室に帰ると、だれもいないと思っていた教室に、クラスメートの恭ちゃん、こと朝川恭子が、ひとり残っていた。
恭ちゃんは、ホラ、1学期の病院実習であたしと同じ小児科担当だったヒト。ちょっとボーイッシュで、シャキシャキにしっかりした優等生だけど、なぜか何事も平均スレスレ、そそっかしくて落ちつきないヤツって言われてるあたしの一番の友達。

（折原みと『時の輝き』講談社文庫90ページより引用）

これがその小説の文章です。主人公の「あたし」が別の登場人物に話しかけている会話文ではありません。注意してください。会話は会話でちゃんと鉤括弧《かぎ》にくくられて表記されています。「恭ちゃんは、ホラ、1学期の病院実習であたしと同じ小児科担当だったヒト」という台詞みたいな1行は、一人称で書かれたこの小説の地の文なのです。文末は体言止めですね。

ではこの文における「ホラ」とは何でしょう。いったいこの文の「あたし」はだれにむかって「ホラ」と語りかけているのでしょう？　朝川恭子という友達は小説の最初のほうでいちどちらっと登場しています。こう書かれています。

〃初恋の人〃シュンチとは、あいかわらず中学ん時の友達ノリのまま、なんの進展もない。

シュンチがしょっ中、小児科病棟におしかけてくるもんだから、同じ小児科担当の親友、恭ちゃん（成績優秀でしっかり者、たよりになる実習仲間）からは、

「由花の彼ー？」

…なんてよくひやかされてるけど、実はぜんっぜん、そのケもないの。

（同26〜27ページ）

この引用箇所を踏まえて、「恭ちゃんは、ホラ、1学期の病院実習であたしと同じ小児科担当だったヒト」と書かれているのです。つまり、前にもいちど話した（書いた）けど憶えてるかな、ホラ、あの恭ちゃんのことだよ、と小説をここまで読んでき

たひとにむかって語りかけているのです。小説の世界から主人公が、外の現実の世界にいる読者にむかって「ホラ」と言っているわけです。虚構と現実の垣根を越えてその声が届くわけです。びっくりしますね。

でも、小説の主人公が、読者に直接語りかけるような文体というのはとくに珍しいものではありません。これまでにもさんざん書かれてきています。ほかから例をひっぱりだすのは面倒なので、また僕自身の作品をあげますが、短編集『きみは誤解している』のなかの一編「女房はくれてやる」の結びはこうです。

要するにこういうことだ。おれに言わせりゃギャンブルの手を借りなくても人生なんてもともと狂ってる。おれはそう思う。気をつけたほうがいい。いつ何が起こるかわからない。ギャンブルに手を出そうと出すまいと、おれもあんたも狂った人生の真っ只中にいるんだ。実際のところ。

ここで「気をつけたほうがいい」とは小説内の特定の登場人物にむけてではなく、外の不特定多数への呼びかけです。「おれもあんたも」の「あんた」は、結びまで小説を読んできたひと、読者であるあんた、ということです。小説はおおむねひとりで読むものですからね。したがって、複数形のあんたたちではなくて、あんたです。よろしいでしょうか、ここまで。僕もぶっつけで考え考え書いているので、ほんとに「よろしい」のかどうかは自信ありません。僕が言いたいのはたぶんこういうことです。「ホラ」と読者への大胆な呼びかけの書かれた小説を読んで、びっくりしたと同時に、じつはそこが小説を書く出発点じゃないか、僕もおなじ書き方でこれまで小説を書いてきたんじゃないのかと、いまさらながら、思い当たったということです。で、ここからがポイントなのですが、そのころ書きかけて苦労していた「ダンスホール」には、その「ホラ」という読者への呼びかけの声が欠けているんじゃないか、そういう結論めいた考えが頭に浮かんだのです。

つまり文末を「た」「た」「た」「た」「た」……と揃えること、揃えて文章を書くことに全力を傾けることは、小説の内側にのみ目をむけて閉じこもること、どこへも出発できず、外との回路を遮断することではないのか。だって小説を書く側からの理由、読む側にはどうでもいい孤独な理由を3つかかげて、ひたすら「た」止め文末の文章を貫こうとしてるわけですから。書く側の事情にこだわりすぎて、読者のほうは見てないわけだから。ひょっとしたら僕はだれにも読まれない、というより、だれにも読ませない小説を書き続けているのではないか？　それがこの「ダンスホール」という小説を書きながら途中で僕が感じだしていた苦痛の原因ではないのか。

じゃあその原因を取り除くためにはどうすればいいのか、という話になる。

ひとつ簡単な解決策がありますね。「た」止めの文末をやめればいいんです。

たとえばの話、またちょっと寄り道になりますが、昔書いた『小説の読み書き』という本のなかで井伏鱒二の短編「山椒魚」に触れて、

山椒魚は悲しんだ。

彼は彼の棲家である岩屋から外に出てみようとしたが、頭がつかえて外に出ることができなかったのである。


という有名な書き出しの2つの文、このうちあとのほうは、

彼は彼の棲家である岩屋から外に出てみようとしたが、頭がつかえて外に出ることができなかった。

と書き換えてもいける、読者に伝わる意味はおなじだ、といちゃもんつけたおぼえ

があるのですが、これはいまの（このメールを書いている）僕の論点からいえば、間違ってるんですね。書き換えるまえとあととでは決して意味はおなじではありません。書き換えたあとの「た」止めのほうは、ただ事実を客観的に述べただけ、いわば血の通わない文になっています。

いっぽう、井伏鱒二が書いたほうは、「のである」という文末のせいで、極端にいえば、「なんと、あろうことか」とか、「もう驚いたのなんのって」とか、「こんなこと言ってもあんたは信じないかもしれないけど」等々の主観的なニュアンスが感じ取れます。感じ取れませんか？　つまり僕の考えでは、「のである」という文末によって、「ホラ」とおなじような読者への呼びかけが生まれているわけです。たぶん「のだ」でも、形容詞止めでも、動詞の現在形止めでも、あいだあいだに工夫してはさんでいけばそれは可能かもしれません。文末に配慮して工夫することは、そのたびに読者のほうへ目をむけることだと思うんです。でも「た」止めの連発ではそれは無理です。小説の地の文を全部機械的に「た」止めにしたりすると読者のほうを見る暇はなく、呼びかけは生まれようがありません。血の通わない文章だらけになって小説の世界は閉じてしまいます。小説書きは孤独な靴磨きの作業になります。寄り道終わります。

しかしながら、簡単な解決策であっても、それを採ることはできません。小説「ダンスホール」では「た」止めの文末をやめることはできません。この小説をその文体で書くと自分で決めたおなじ時点、つまりそれと見分けのつかない時点から「ダンスホール」の物語は始まっているからです。繰り返しになりますが、この文体があったからこそこの物語になったのか、こういう物語があったからこそこういう文体になったのか、小説を書いていくとき両者の区別はつきがたいものなのです。いずれにしても「た」止めで書かなければもう「ダンスホール」は「ダンスホール」ではなくなりまったく別物の小説になってしまうのです。

じゃあこのまま「ダンスホール」を書き続けて、しかもいま感じている書きづらさの苦痛を取り除くにはどうすればいいのか？「た」止め文末のまま小説に血を通わせるにはどうすればいいのか？

考えました。考えたというよりじっさい書きながら試行錯誤しました。書いて試す以外に方法はないですからね。そして出た結果、僕にとっていちばん満足のいく結果が小説の冒頭に「０」を置くことでした。

この小説に「０」を書き添えることが、ひとつの文における「ホラ」や「のである」の果たす役割に代用できる、「０」が冒頭にあることでひとつの閉じた小説に読者への呼びかけの回路が通じるという感触をつかめたのです。あくまで感触です。理屈ではなくて、じっさい「0」を書いたあとは、書くまえよりも、「た」止めの文末で小説を書き続けることの苦痛が減ったようだということです。

以前、件名「二つの既視感」(✉048)というメールにおいて東根さんは、この「0」が、「『小説の読み書き』のなかで指摘されていた、吉行淳之介さんの『寝台の舟』の書き出し、『むかし話を一つ、します』という一文と似た性格を持っているように私には思えた」と書かれていました。そう思えた理由は「それは、この部分(一文)があるのとないのとでどれくらい物語に違いが生まれるのだろう、わざわざこんなふうに断りを入れなくても物語を先へ進められるのではないか」と読んで思えるからだと。

その通りかもしれません。短編「寝台の舟」の読者として、『小説の読み書き』のなかであの書き出しの1行はあってもなくてもおなじだと乱暴な決めつけをしたのは僕自身ですから。あるいは読者にとってはどっちでもおなじなのかもしれない。でも小説を書く側の事情があります。小説を書く、まさに書いている時間の流れに居ながらの心の持ち方があります。それは書いた結果でしか表せない心の持ち方です。あの1行を残すか削るかという吉行淳之介の迷いには、読者への呼びかけの回路を開くか閉じるかといった書き手側の問題が隠れていたのかもしれません。もちろんそうではないかもしれません。いずれにせよ、『小説の読み書き』でおこなった僕の決めつけは、いまの僕からすればいささか軽率で同業者として想像力が足りなかったのではないかと反省しています。

さて。

じつはこれで終わりではありません。小説の冒頭に「0」を置いた理由はもうひとつあります。そちらはきれいに理屈で説明がつきます。

もうだいぶまえに、パイ構造の小説という話をしました。何層にも重なったパイ生地のように、一人称と三人称を重ね合わせて書かれた小説のことをたしかそう呼んだと思います。憶えていますか？　この「ダンスホール」はまさしくそのパイ構造の小説になっています。その点に注目して、この小説に「0」があったほうがいい理由を、たとえばおなじくパイ構造で書いた長編『5』と比較して技術的に説明することが可能です。

でもそれはここではやりません。このメールはもうじゅうぶん長くなりました。ここまで東根さんにまともに読んでもらえたかどうかも心配なくらいに。なにしろ「ダンスホール」を繰り返し読んだといいながら、地の文が全部「た」止めで書かれているという偏執狂的な文体にも気づかないひとですからね。だからもうひとつの理由のほうは、いずれまた機会があればということにします。東根さんは今回のメールに集中してください。とにかく読んでみてください。読んで、もし僕の考え方にわかりにくい部分、納得できない部分などあれば、遠慮なく指摘してください。また反省し考え直してお答えします。なにもなければ、この件は「済み」ということで、次の質問いきましょう。

Ⅳ

中らずと雖も遠からず

060
2010/10/17
12:50

件名：「た」×千三百二十六

長いメールありがとうございました。

受信フォルダのなかで最大のボリュームでした。

言われた通り「ダンスホール」の全文をチェックしました。しばらく開いた口が塞《ふさ》がらなくなりました。すごいですね、地の文の文末、本当にぜんぶ過去形の「た」でした。ちなみに書き出しの一文から最後の一文まで、「た」で終わる文章（つまり「ダンスホール」の地の文すべて）はぜんぶで千三百二十六ありました。数えました。何度も数えたので間違いありません。

この文体の特徴に気づかなかったことがすごく口惜《くや》しいです。

全文をチェックしている最中、思わず歯嚙みしてしまったのは、十二月二十四日の夜、センニチ通りの酒場ワーズの場面です。語り手の小説家が店主に「西聡一が奥さんと出会った日のストーリー」を話しはじめたとき、店主に「ですます

体じゃないほうがよくない？」と指摘されます。そしてその直後、小説家は地の文で、

　私は文末に注意して話を進めた。

と語っているのです。こんなヒントまであったのに……。

　私も雑誌の記事などにちびちび文章を書いて何とかやっている身の上ですから、文末が過去形「た」の連続になるとどういうことになるか、頭では理解しています。担当編集者から「小学生の作文か！」と原稿を突き返されるか、仕事をおろされるかのどちらかになるはずです。それなのにどうして気づかなかったのでしょう。

　繰り返し読んでも気づかなかった私の目は、正午さんにとっては節穴同然なのかもしれません。

　ではこの偏執狂的な文体に気づいた鋭い読者の方や優秀な編集者がじっさい正午さんの周りにいましたか？　この作品を私は違和感なく、つまり偏執狂的な文体といった感触もなく読み進めていましたが、正午さんはご執筆中「た」止めの連続を気づかせないような何らかの工夫をされたりしましたか？　それとも頭の

片隅でずっと「単調でへたくそな文章」の連続と思いながら「ダンスホール」をご執筆されていたということでしょうか？　「長年、文章のうまいへたにこだわって」きたという正午さんが、文末を「た」で揃えることに配慮して書き進めるというからには、正午さんなりの相当な工夫や労力があったのではないですか？

もうひとつ質問があります。

「0」のパートで語り手の「私」は、いまから四年前、災難がふりかかったとして自らの心の病について告白しています。その年の蜩《ひぐらし》の鳴く頃に身の回りを整理し、秋に離婚、仕事もすっかりやめて単身者向けのマンションに入居したあたりから心の病の症状はめったに出なくなっていた――そんな「私」が、「これから語るのは、その年の秋も深まってからの出来事なのだが」とことわりを入れて、「ふたたび小説を書こうとして書いた」と語りかけています（乙女のバイブルにもあった「ホラ」にあたる読者への呼びかけの部分です）。

そういった事情を抱えた「私」が、1のパートから書きはじめた原稿が「ダンスホール」ですよね。

その点を踏まえて考えると、文末をすべて「た」で止める「理由の2つめ」に挙げていただいた、語り手の病気の問題に若干疑問が生じました。

四年前に病気になった語り手の中年小説家が、四年前の出来事をいま書いているということですから、その文体が偏執狂的となりますと、小説家はいまも病を患っているということになりませんか？　四年前、小銭をきっちり777円揃えて毎朝パンを買わなければ落ち着かなかった語り手は、それから四年経ったいまも無自覚のうちに文末を「た」で揃えて書いていた、病の自覚がないからそれをいまの彼の文体で（いまの彼の文体を借りて）表現されたということでしょうか？

少々「理由の2つめ」に関して、語り手の四年前といまの状況がわかりづらかったので補足していただけると嬉しいです。

追記。今回のメールを書き出す際、文末をすべて「た」で終わらせて、正午さんが本当に「た」止めの連続を「1ページ読めば気づく」かどうか試してみたかったのですが、すぐに挫折《ざせつ》しました。「ですます体」プラス「た」止めの縛りはやはり文章が単調になりますし、だいいち質問の文章が書けません。残念でなりません。

061
2010/10/25
00:30

件名：夏休み

メールの前半にある質問文の「ではこの偏執狂的な文体に気づいた鋭い読者の方や優秀な編集者がじっさい正午さんの周りにいましたか？」は反語表現になっているわけですね？　答えは聞くまでもない、気づいたひとはいなかったでしょ？　と東根さんは言いたいわけですね？　僕にはそんなふうに読み取れました。

でも残念ながら、答えは、わからない、です。周りのだれとも「ダンスホール」の話などしていないので、ひょっとしてだれかが気づいたのか僕以外のだれひとり気づかないのかわかりません。あるいはだれかが「ダンスホール」を読んだのか東根さんと僕以外のだれひとり読んでいないのかわかりません、と言い直すべきでしょうか。いずれにしても小説の話などだれともする機会はありません。

じつは僕はいま夏休みを取っています。「ダンスホール」後編を書きあげてゲラの直しが終わったあくる日から自主的に夏休みに入りました。それがまだずるずるつづいています。iMacの電源は切ったまま、机の埃《ほこり》は積もりっぱなし。もうどのくらい月日がたったのでしょうか。小説書きから遠く離れた生活を送っています。

毎朝9時から11時くらいのあいだに起き出して、競輪場に行く、競輪場に行かないときは自宅のテレビの前でネット投票をやる、毎日毎日、何まんえんか負けて、負けつづけて、ある日、何じゅうまんえんか取り戻す、また翌日負ける、翌々日も負ける、負けつづけてまたある日勝つ、みたいな、こうやって書いてみると単調でいくらかむなしい毎日です。「ダンスホール」の語り手の作家が送っていたのとそっくりの生活ですね。そんな生活をじっさい何ヶ月か送ってみて、「ダンスホール」に出てくる「金は必要じゃない」という作家の台詞が身につまされるような気がしています。

ある日、競輪で何じゅうまんえんか当たるとしますね、当たるとしますねというか、いまどき競輪で何じゅうまんえんか当たるのは（負けるのと同じくらい）ぜんぜん珍しいことではないんですが、3連単車券の払戻しが何まんえんというレースは1日にいくらでもあるわけですからね、幸運な千円札が1枚あればたちどころに何じゅうまんえんかにはなります。

払戻しがひとけた違えば何びゃくまんえんにもなる、でも、たとえ何じゅうまんえんか何びゃくまんえんかを手にしても、その金の使い道がない。払い戻された金は、競輪以外のなににも使わない。なにか欲しいものがあって、ところが持ってる金では足りないから、欲しいものを手に入れるために一攫千金《いっかくせんきん》の、乾坤一擲《けんこんいってき》のギャンブルをやっている、わけではないからです。

　わかりますか。もし欲しいものがあって金が足りなければ、わざわざ競輪などしないで、ローンで買えばいいんです。車でも、冷蔵庫でも、地デジ対応テレビでも。あるいは極論すれば、ほんとに欲しいのならかっぱらってもいい。いや、かっぱらうのはよくない。いまのは言葉のあやです。でも競輪場に来るひとたちは、と言えば他のひとたちに迷惑がかかるので、僕は、もしくは「ダンスホール」の作家は、と言い直しますが、そうじゃないんです。とくに欲しいものがあるわけじゃない。欲しいものがあって、そのために持ち金を何百倍にも増やそうとして賭けているんじゃない。何じゅうまんえんか払戻しを受けて、ジーンズのポケットにそのお札を2つ折りにしてねじこんでみると、そのことがよくわかるんです。ポケットに大金を入れて、それを使うために、いそいそと出かける場所はどこにもないんです。

　競輪で当たると気分は高揚します。ああ、当たって良かった、と心から思う。でも、その「良かった」は、これで欲しかったあれが買えるから「良かった」じゃない。じゃあなにが自分にとって「良い事」なのか、冷静になって考えてみると、あしたも今日とおなじ1日を繰り返せる、つまりあしたも競輪ができる、ということにつきるような気がする。で、翌日、望みどおり同じ1日を繰り返して、ただし結果が不運で、何じゅうまんえんかの中から何まんえんかまた負けてしまうことになる。その翌日も、翌々日も。そんな毎日を1ヶ月も2ヶ月もつづけたすえの台詞なんですね、何かを買うための金は必要じゃないことに気づくんです、あの作家の「金は必要じゃない」はそういう意味です。

彼は昔の友人に託された500万円をカーゴパンツの左右の側面ポケットに250万円ずつに分けて入れて競輪場に日参します。それで毎日毎日だらだら負けていって、400万円ほど負けた頃に、当たりが来て、失った400万円を1レースで取り戻します。でも戻ってきたその金の使い道はない。金が戻っても欲しいものはないんです。その金をポケットに入れ直して、出かけていく場所はどこにもない。あしたの競輪場以外に。彼がもし金が必要だというのなら、それはあしたも、あさっても、たぶん死ぬまで、小説は書かず競輪場に通い続ける、そのためでしかないんですね。

後半の質問。

彼の病気が4年後、小説書きを再開した時点で完治しているのかどうか、そこらへんは僕にもよくわかっていません。はっきり言って、僕には僕の病気が完治しているのかどうかさえよくわからないんです。

いまでも道を歩いていてマンホールの蓋を踏みたくなること、しかし1回踏んでしまえばまたあの頃に逆戻りだぞと自分の足に言い聞かせることはあります。全文「た」止めの文末は、だから彼がいまだに病んでいるせいかもしれないし、彼が4年前の心の状態を表そうとして小説をそう書いたのかもしれないし、まだほかの解釈もあるかもしれない。たとえば「た」止め文末を採用した理由の4番目に僕自身の心の病があるのかもしれない。読み方は「ダンスホール」を繰り返し読んだ東根さんの判断に委ねます。

あと「正午さんはご執筆中『た』止めの連続を気づかせないような何らかの工夫をされたりしましたか？」というとぼけた質問に対しては、気づかせない工夫などできるわけがない、手品じゃあるまいし、と答えたいです。文末が「た」で止まっていることは、隠したりごまかしたりしようのない事実、日本語の読めるひとならだれでも気づくことのできるシンプルな事実ですから。

件名：一人称と三人称

062
2010/11/18
05:10

正午さん、おはようございます。

相変わらず競輪三昧《ざんまい》の夏休みがつづいているのでしょうか？　昨日は競輪当たりましたか？　東京ではすでに街路樹の葉が色づきはじめています。ボジョレーヌーボーも今日から解禁です。自主的な夏休みがこんな時季までつづいていると は、もはや羨《うらや》ましいといった気持ちを通り越して、また余計な心配までしそうなのですが、ともかくこんど大金をポケットにねじこむ幸運が訪れたときは躰をかく冷蔵庫を早く買い換えたほうがいいのではないかと私は思います。

「カズオも困ったもんね、競輪ばかり行って」と母が叔父のことを嘆いていた言葉がメールを拝読していてよみがえりました。横浜の花月園にある競輪場へよく行っていたようです。お正月か何かのときに一度、叔父が大切そうに数冊のノートを抱えていたことがありました。中を見せてもらうと、そこには几帳面《きちょうめん》に切り抜かれたスポーツ新聞の記事がびっしりと糊付けされていました。あれはきっと競輪の記事ではなかったのかと今になって思います。競輪はそれくらいしか私の身近にありません。正午さんによく似た「ダンスホール」の語り手のように叔父もまた「金は必要じゃない」と考えているのか気がかりです。

引き続き「ダンスホール」について質問があります。

「0」から10まで合計十一のパートでこの作品は構成されています。語り手が「私」という一人称を用いて直接語っているのはそのうち六つのパートのみで、残る五つのパートに「私」はほぼ登場せず、三人称を用いて描かれていました。具体的に言えば、1、4、5、6のパートでは「西聡一」を、また10のパートでは「西聡一と大越よしえ」をそれぞれ叙述の中心とされて物語は進みます。

まさに一年ほど前のメールで教えていただいた「パイ構造の一人称小説」（＝語り手が、自分の目のとどかない場所で他人の身に起きた出来事を語る、想像や潤色をまじえていかにも物語を書くように語る、という方法）のかたちになっていますが、ここで少し疑問があります。

一人称の小説は、語り手がじっさい見たり聞いたりした内容からふつう成り立っています。いくら語り手の「目のとどかない場所で他人の身に起きた出来事を語る」といっても、一人称の小説ならば語り手の「私」がその「他人の身に起きた出来事」を（その出来事の一端でも）当事者なり第三者から聞く必要があると思うのです。

でも「ダンスホール」では、三人称パートのエピソードを誰が語り手の小説家に話し伝えたのか、がほとんど明かされていないのです。例えば、10のパートに描かれた西聡一と大越よしえの大晦日のエピソードは、それが読者に（少なくとも私に）はっきりとわからないまま物語は終わってしまいます。このときの出来事を誰が小説家に伝えたのでしょうか？　また逆に、1のパートで拳銃発砲事件に出くわしたあとの西聡一の心情はこう描かれています。

マスゲームが終わって学生たちが一斉に土煙をあげながら退場するような、すがすがしい思いを、わずかだが彼はおぼえた。だが頭の大半は、いまここで何が起きたのか整理できない茫然自失の思いで占められていた。

これなどはまさしく小説家の「想像や潤色」で場面を再現したといった向きが

強いのがわかりますが、ではそもそもこの現場に西聡一が居合わせていたことを、誰が小説家に聞かせたのでしょうか？

私なりに考えてみましたが答えが出ません。1、4、5のエピソードはコールガールの戸野本晶が小説家に話して聞かせたように思えましたが、6の終盤にある十二月二十四日深夜のエピソードは、町を出たという戸野本晶と小説家の「その後の接触」がないと成立しません。また10に関しては、西聡一と大越よしえの場面ですから、その場にいなかった戸野本晶が小説家に話せる内容ではないと思えます。

でも、でもです、ここからは私の大きな勘違いかもしれない推論です、本編に書かれていないので、もう推測するしかありません。もし仮に10のラストシーンのあと、西聡一が恩人の戸野本晶にお礼の電話でもして事の顚末《てんまつ》を報告したら、そしてその後、戸野本晶と小説家の「その後の接触」があったとすれば、語り手の小説家はこの「ダンスホール」を書ける、ということになりませんか？　9のパートでワーズの店主が小説家に向けて放ったひと言「あんたが取材するばっかりで小説書かないから、（戸野本晶は）もう飽き飽きしたんじゃない？」がどうしても引っかかり、このような推測を組み立ててみました。当たってますか？

いずれにしても「ダンスホール」には本編で語られていない部分が多くあるように思うのですが、三人称パートの情報発信源を正午さんはどうして描かなかったのですか？　描かないことでどういう効果をこの作品に加味しようと試みたのでしょうか？　語られていない部分が多すぎると、読者にわかりづらくなる恐れもありませんか？

063
2010/11/27
23:43

件名：中《あた》らずと雖《いえど》も遠からず

東根さんはこう書かれています。

一人称の小説は、語り手がじっさい見たり聞いたりした内容からふつう成り立っています。いくら語り手の「目のとどかない場所で他人の身に起きた出来事を語る」といっても、一人称の小説ならば語り手の「私」がその「他人の身に起きた出来事」を（その出来事の一端でも）当事者なり第三者から聞く必要があると思うのです。

ごもっともだと思います。

でも、それは東根さんも書かれているとおり、一人称小説のふつうの成り立ちですね。対して「ダンスホール」はふつうの成り立ちではない、つまりパイ構造の一人称小説です。ではパイ構造の一人称小説とはなにか。東根さんは一年前の僕のメールから引用してこうも書かれています。

「パイ構造の一人称小説」(=語り手が、自分の目のとどかない場所で他人の身に起きた出来事を語る、想像や潤色をまじえていかにも物語を書くように語る、という方法)

そのとおりです。と言いたいところですが、あたらずといえどもとおからずです。この引用は大ざっぱすぎます。補足すると、「語り手が、自分の目のとどかない場所で他人の身に起きた出来事を語る、想像や潤色をまじえていかにも物語を書くように語る」部分が三人称で書かれ、その三人称で書かれた部分が一人称で書かれた(いわゆるふつうの成り立ちの)部分にはさまれてパイ生地のように層をなしている小説、それが「パイ構造の一人称小説」です。

ついでにもうひとつ補足すると、「パイ構造の一人称小説」における「語り手」とは、例外なく小説家です。厳密に言えば、プロに限らず小説を書くひと、という意味での小説家です。そして三人称の部分を書いているのはこの小説家ということになります。実はそこがポイントなのです。いっぺんにはわかりにくいですね。混乱してさきを読み進めるのが面倒になりますね。できるだけわかりやすくしましょう。

小説家が書いた小説がひとつある、とします。この小説は実話にもとづいている、と断り書きがあったとします。

これは現実に起きた事件を題材にしているという意味です。たとえば先日、新聞の地方版に「無免許隠すため身代わり立てた容疑で逮捕」と小さな見出しの記事が出ていました。「乗用車を無免許で運転して玉突き事故に巻き込まれたが、そのまま現場から立ち去り、友人男性を身代わりに立てて現場に行かせた」というのです。で、この現実の事件をもとに僕が小説を書いたとします。

仮定の話です。書きあがった小説は実話をもとにしていますが、小説だから作り事もまじっています。乗用車を運転していたのは、現実には無免許の男ですが、小説では女になっています。彼女は運転免許を持っています。玉突き事故が発生したのは新聞記事には午前とありますが、小説では深夜、助手席には彼女の幼い息子も同乗していました。向かっていたさきは病院です。息子が病気で彼女は急いでいたのです。だから事故に巻き込まれた車を乗り捨て、現場から立ち去りました。その後、「友人男性を身代わりに立てて現場に行かせた」のではなく、「友人男性がみずから身代わりを買って出て現場に行った」のです。もちろん彼女とその友人男性はただの友達づきあいではありません。ひとことでは語れない複雑な関係です。そこが小説の読ませどころになっている、みたいな。面白いつまらないはべつにして、そういう小説があるのは想像つくでしょう。これを僕は三人称で書くわけです。

仮定の話ですよ。そして出来あがったものを一編の小説、完成品として発表します。するとひとつの関係性が生まれます。現実の僕と、僕の書いた小説の登場人物との関係性です。でもこの関係性は、僕と登場人物とが直接つながっているという意味ではありません。実話をもとにしているといっても、僕は彼らに会ったことも彼らのなまの話を聞いたわけでもない。「自分の目のとどかない場所で他人の身に起きた出来事を」小説家として「想像や潤色をまじえていかにも」見てきたような物語に仕立てただけです。日常的な意味での「関係」という言葉を使えば、僕と彼らとはなんの関係もないわけですね。でも小説家と、小説家が書いた小説のなかの登場人物、という関係性は存在します。

そういう意味での関係性を、1列ずらします。1列ずらすというのは、小説の内側へ押し込んで、そこでおなじ関係性を作りあげてしまうわけです。これが理屈でいえば「パイ構造の一人称小説」になります。僕↓僕の書いた小説、ではなくて、僕↓僕の書いた小説のなかの僕↓僕の小説のなかの僕の書いた小説、これが「パイ構造の一人称小説」です。ちなみにこれをたどっていくと、僕↓僕の書いた小説↓僕の書いた小説のなかの僕の書いた小説↓僕の書いた小説のなかの僕の書いた小説のなかの僕の書いた小説、と果てしなく続く入れ子構造になりえますが、その入れ子の入口「僕↓僕の書いた小説」から1列だけ先へずらしたものをここでは「パイ構造の一人称小説」と呼びます。

つまり言い方を換えれば、ふだん僕が小説家としてやっていること、小説を書くというあたりまえのこと、それをまるごと「小説のなかで」登場人物の小説家がやるわけです。

「ダンスホール」にあてはめて見てみましょう。まずこれを書いたのは僕です。ですから僕と「ダンスホール」の登場人物との関係性はふつうにあります。ところで「ダンスホール」の登場人物のひとり、語り手の私は小説家です。これが「ダンスホール」の冒頭「0」における私です。そしてその私の書いた小説、それが1から10までの章立てになっています。僕と「ダンスホール」の登場人物との関係性と、「0」の私と1から10までの登場人物との関係性は相似形になっています。

さきほど現実の新聞記事から小説を書く例をあげましたが、そのようにして僕は「ダンスホール」を「想像や潤色をまじえて」書くことができます。登場人物たちを直接知っていようといまいと書くことができます。それが小説家の仕事ですから。そうですね？　ではおなじようにして、「0」の小説家の私も1から10までを書くことができます。西聡一や大越よしえと直接会って話を聞こうと聞くまいと、あるいは戸野本晶とその後接触しようとしまいと、「0」の私は小説家として「想像や潤色をまじえて」書くことが可能です。

たとえば西聡一が大晦日の午後に大越よしえのもとを訪ねるだろう／訪ねると面白いことになるだろうと想像して書くことは自由にできます。たとえばコールガールの戸野本晶と何度も会うことを「取材」と称し、あたかも金銭の受け渡しをともなうSEXなどなかったかのように潤色することは容易《たやす》くできます。「0」のおしまいのところで「私はふたたび小説を書こうとして書いた」とわざわざ断っているのはそういったこと、もしくはそういった可能性を指しているのです。

以上が今回の疑問への回答です。回答になっていると思います。

メールの最後にある「三人称パートの情報発信源を正午さんはどうして描かなかったのですか？　描かないことでどういう効果をこの作品に加味しようと試みたのでしょうか？」という質問に僕がどう答えるかももはや明らかでしょう。「ダンスホール」の三人称パートを書いたのは僕ではなく「０」の私で、小説を書くのにいちいち情報発信源について説明する小説家などいないからです。もっといえば情報発信源などなくても小説家は小説を書くからです。


自主的な夏休みはもう終わりにしました。

まいにちまいにち朝から晩まで競輪やるのもすこし飽きてきました。

これからは金が必要な生活に戻ります。

冷蔵庫や地デジ対応テレビを買うためにも原稿料を稼がなければなりません。

そのために新しい小説をひとつ書こうかと思います。

でもひとつ書こうかと思ってすぐに書けるはずもないので、まだ構想のだんかいです。いやまだ構想の手前です。すべてはこれからです。なにもないところからはじめて、これからああでもないこうでもないと小説のことを考える日々に入ります。近いところでは去年「ダンスホール」を書くためにやったようなことですね。正直、またか、と思います。いままで二十数年繰り返しやってきたあれを、また1からやるのか。でもほかに金を稼ぐ手だては思いつかないしたぶんまたやると思います。

064
2010/12/13
23:43

件名：男の名前

メールありがとうございました。

「果てしなく続く入れ子構造になりえます」なんて、正午さんからマトリョーシカ人形でもいただいた気分です。考えれば考えるほど目が回ってきます。

「ダンスホール」に描かれた三人称のパートを、語り手の小説家は戸野本晶から聞いたのではないか――私の組み立てたこの推論ですが、先日のメールをいただいてもなお小説家が「ダンスホール」本編に描かなかったひとつとして、正午さんがそっと隠されたエピソードなのではないかという思いが捨てきれません。

いくら小説家が自由に想像して書くことができるといっても、たとえば9のパートの後半、ワーズの店主との会話のなかで小説家の口からいきなり「西聡一」という名前が出てくるのが少し不自然に思えてくるのです。東京からひと探しにやってきた男の名前を小説家はいつどこで誰から聞いたのでしょう。4のパートで本人から名刺をもらっているワーズの店主はもちろん男の名前を知っていますが、ここで男の名前を持ち出したのは小説家のほうです。小説家と西聡一が直接言葉を交わす場面は最後まで描かれていませんし、そう考えると何というか、入れ子構造のひとつ内側に押し込まれていたはずの小説家がひとつ外側に（つまり正午さんと同じポイントに）飛び出してきているということになりませんか？　これなどは、小説家が本編に描かれていないどこかで西聡一のことを詳しく知る機会があったということを、正午さんが暗示させているのではありませんか？　読者に向けて「さてこの顚末を小説家に後々話したのはだれでしょう」と謎かけをしているようにさえ私には思えるのですが。

男の名前、で思い出しましたがもうひとつ質問です。

以前「小説の舞台」に関してメールをやりとりしているとき正午さんはこう述べられました（✉055）。

（小説の舞台となる町の）名前を明かすまい明かすまいと意識して小説を書いていったんじゃなくて、明かさないまま不都合なく小説が書きあがってしまったんですね。不都合があれば、いつでも名前を出すつもりで準備はしていたのですが。ちなみに登場人物の何人かに名前がないのも、理由はおなじです。

名前のない登場人物が確かにいました。この物語で重要な役となっている（と私が勝手に思っている）ダンスホール「日光」の社長の息子さんにも、2のパートで響《ひびき》のオンザロックを飲んでいる三十代の寡黙な男にも名前がありません。どちらの男も複数の場面に登場しますが、名前がありません。それでも「不都合なく小説が書きあがってしまった」のかもしれませんし、名前が明かされないことで謎めいたふたりの雰囲気もより強まっているようにも思います。質問はそこではありません。このふたりとは対照的に、登場したのがたった一度の場面にもかかわらず（しかも〝ちょい役〟の印象の）名前のある男がいました。2のパート、語り手がなじみのバーで遭遇する花村記者です。

ここで「花村」という名前を出さなければならなかった正午さんの不都合とは

何だったのでしょうか？「０」のパートで「固有名詞はなるだけ実在のものを避けた」とことわりを入れながら、同じ店にたまたま居合わせた新聞記者の名前が、この場面だけ見ても物語全体から見渡しても、そこまで必要なものに思えなかったのです。

それから、男の名前に関連して最後にもうひとつ。

先週、祖母の法事で久しぶりに叔父に会いました。前回のメールで余計なことを書いてしまったと後悔している競輪好きの叔父です。７のパート、十二月二十三日の競輪場にクリスマスの音楽が流れているシーンが私にはとても印象的で、本当にジョン・レノンの曲が流れたりするものなのかと叔父に訊ねました。「え？そんなもん聴いたことあったっけなあ」と叔父の記憶は曖昧でした。

もうひとつ叔父への質問を用意していました。同じく７のパートで語り手の小説家が「いちばん強い選手」として唐突に口にする小嶋敬二という名前の選手についてです。『side B』所収のエッセイ「しみじみ賭ける」のなかでこの選手の名前には見覚えがありました。「ダンスホール」に描かれているとおりその日、小嶋選手が名古屋競輪最終レースに出場していたのか、出場していたとすれば結果はどうだったのか確かめたかったのです。さすがに四年前のことなので叔父も憶えていないだろうと期待していなかったのですが、法事のあと「競輪祭を買いにいく」と言う叔父のバッグのなかには例のスクラップノートが入っていました。水色の表紙に赤いマジックで「２００６」と殴り書きされた分厚いノートの最後のほうにその記事はありました。

２００６．12．23 金鯱賞争奪戦

11R ①小嶋 ②三宅伸 ④山根

①↓② １７６０ ①②④ ２０６１０

７のパートの後半で描かれた「三連単の払戻金」とぴたりと一致しました。本当にあったレースだったんですね。叔父の競輪好きに私は生まれて初めて感謝しました。

そんな叔父とは異なり、これからはお金が必要な生活に戻られるとの報《しら》せ、正直言ってほっとしました。前回のメールをいただいてから約二週間、新作のタイトルはもう決まりましたか？ 構想もまとまってきた頃ではないでしょうか？ 新作も「パイ構造の一人称小説」のかたちになりそうですか？ 差し支えなければ教えていただけると嬉しいです。

065
2010/12/21
13:33

件名：鳩の撃退法

登場人物の名前のことをいうと、語り手の小説家をはじめとして、名前の明かされていないほうが多いんですね。だからむしろ東根さんは「名前のない登場人物が確かにいました」と書くよりも、名前のある登場人物が確かにいます、と書くべきではないでしょうか。

西聡一、戸野本晶、護国寺さん、大越よしえ、花村記者。彼らはみんなよそ者、流れ者です。もしくは「私たちの町」をいつの日か去る人間です。この小説では、地元に根をはって暮らしている登場人物、つまり「私たちの町」に残るひとの名前は伏せられているように思われます。

それからこれも東根さんの書かれている「東京からひと探しにやってきた男の名前を小説家はいつどこで誰から聞いたのでしょう」という疑問。これは「ダンスホール」の1の冒頭に、名前は西聡一といい、大手町に本社のある鉄鋼関係の会社に勤務、総務部主任の肩書きを持つ四十歳の男だった。


と小説家は書いていますね。

この時点でもう「東京からひと探しにやってきた男の名前」は西聡一と明かされています。「０」の小説家の「私」がそう名付けたのです。いつかどこかで誰かから聞いたわけではなくて。小説家は、小説の登場人物の名前を自分で名付ける権利を持っていますからね。

あるいは、いつかどこかで誰かから聞いた名前がヒントにはなっているかもしれません。でも「固有名詞はなるだけ実在のものを避けた」と「０」に断り書きがあるので、おそらく実名ではないでしょう。もっといえば「東京からひと探しにやってきた男」が実在するかどうかも定かではありません。実在しようとしまいと小説家は、前回の繰り返しになりますが「想像や潤色をまじえて」小説を書くわけです。「０」の小説家、つまり小説中の小説家が小説を書くわけです。それが「ダンスホール」のすなわち「パイ構造の一人称小説」の仕組みです。

以上です。

次に書く長編小説のタイトルはまだ決まりません。

ただ、担当編集者とのあいだではこの「次に書く予定の長編小説」のことを『鳩の撃退法』と呼んでいます。「鳩」にも「撃退法」にもとくべつ意味はなくて、ないと思うのですがある日ふと僕が思いついたので、ふたりでそう呼ぶことに決めました。ひとの名前にたとえるなら幼名みたいなものです。出世魚でいえばワカシ↓イナダ↓ワラサ↓ブリのまだワカシの段階です。

「『鳩の撃退法』の件で近いうちに佐世保にうかがいたいのですが」

「ああ、でも『鳩の撃退法』はまだ考えちゅうなんだよね」

「ですから『鳩の撃退法』についていちどじっくり話し合いましょう。正午さん、夏休みぼけで、いつまで待っても『鳩の撃退法』は考えつかないじゃないですか」

「いやでも、もうじき正月休みに入るし、『鳩の撃退法』に本気出すのは年が明けてからでよくない？」

「そんなわけにいきませんよ。『鳩の撃退法』は早めに手を打たないと手遅れになりますよ」

そんな感じです。電話で話すときもメールのやりとりするときも、いちいち「次に書く予定の長編小説」という言い方をするより『鳩の撃退法』のほうが便利だし、それに、幼名でもなんでも名前さえあれば、小説に生命が宿っているような気がしますからね。まだ書き出してもいないのに、時が経てば、小説が育っていちにんまえの名前で呼ばれる日が来るような気が、ちょっとします。

というわけで、構想はぜんぜんまとまりません。

そのせいでじりじりいらいら不機嫌な日々が続いています。

ひとに会えば当たるので、迷惑かけないためなるべくだれにも会わないようにしています。秘書の照屋くんは近頃ほとんど仕事場に寄りつきません。

僕はいちんちじゅう家の中にいて、ロッキングチェアにすわってテレビを見たり、外の景色を眺めたり、P!NKのCDを聞いたり、観葉植物に水をやったりしています。1回だけ、競輪関係の知り合いの忘年会に呼び出されましたが、元気なひとたちがカラオケでがんがん歌うのをはじっこの席で黙って聞いていました。焼酎飲んでもぜんぜん酔いませんでした。午前1時頃帰宅し、歯を磨いてパジャマに着替えて睡眠導入剤を飲んで、椅子を揺らしながら眠くなるのを待ちました。

そうやって2010年は暮れていきます。

12月30日には大掃除をすませ、KEIRINグランプリの車券を買いに佐世保競輪場まで出かけるつもりです。ちなみに今年で25回目になるＫＥＩＲＩＮグランプリ、僕はこれまで一度も当てたことがありません。今年こそは的中させて、払戻金で冷蔵庫と地デジ対応テレビを買いたいと思います。儲《もう》かった金で欲しかったものを買う。それこそが健全なギャンブルのありかただと思いますから。

では、東根さんも良いお年を。

「書くインタビュー1」で引用された本

『身の上話』佐藤正午（光文社文庫）
『New History 人の物語』佐藤正午ほか（角川書店）＊「愛の力を敬え」所収
『アンダーリポート』佐藤正午（集英社文庫）
『正午派』佐藤正午（小学館）
『ジャンプ』佐藤正午（光文社文庫）
『彼女について知ることのすべて』佐藤正午（光文社文庫）
『side B』佐藤正午（小学館文庫）
『小説の読み書き』佐藤正午（岩波新書）
『私の犬まで愛してほしい』佐藤正午（集英社文庫）
『ダンスホール』佐藤正午（光文社文庫）
『吉行淳之介短篇全集 第3巻　寝台の舟』吉行淳之介（講談社）
『朝日平吾の鬱屈』中島岳志（筑摩書房）
『溶ける街　透ける路』多和田葉子（日本経済新聞出版社）
『ありのすさび』佐藤正午（光文社文庫）
『豚を盗む』佐藤正午（光文社文庫）
『5』佐藤正午（角川文庫）
『時の輝き』折原みと（講談社文庫）

『きみは誤解している』佐藤正午（小学館文庫）＊「女房はくれてやる」所収
『山椒魚・遙拝隊長　他七篇』井伏鱒二（岩波文庫）

そのほか「書くインタビュー1」で話題にのぼった本

『呪いの解き方　なぜかツイてない日の作法』川井春水（三五館）
『Y』佐藤正午（ハルキ文庫）
『リプレイ』ケン・グリムウッド／杉山高之訳（新潮文庫）
『取り扱い注意』佐藤正午（角川文庫）
『事の次第』佐藤正午（小学館文庫）
『カップルズ』佐藤正午（小学館文庫）
『はらぺこあおむし』エリック・カール作／もりひさし訳（偕成社）
『赤毛のアン』ルーシー・モード・モンゴメリ／村岡花子訳（新潮文庫）
『小公女』フランシス・ホジソン・バーネット／畔柳和代訳（新潮文庫）
『若草物語』ルイザ・メイ・オールコット／松本恵子訳（新潮文庫）
『秘密の花園』フランシス・ホジソン・バーネット／龍口直太朗訳（新潮文庫）
『情事』森瑤子（集英社文庫）
『ジョゼと虎と魚たち』田辺聖子（角川文庫）

本書のプロフィール

本書は、「きらら」二〇〇九年八月号から二〇一一年二月号に掲載された「ロングインタビュー　小説のつくり方」を改題し、まとめた文庫オリジナルです。

小学館文庫

書《か》くインタビュー 1

著者　佐藤正午《さとうしょうご》

聞き手　伊藤《いとう》ことこ　東根《ひがしね》ユミ

二〇一五年六月十日　初版第一刷発行
二〇一七年八月七日　第二刷発行

発行人　菅原朝也
発行所　株式会社 小学館
〒一〇一-八〇〇一
東京都千代田区一ツ橋二-三-一
電話　編集〇三-三二三〇-五一三四
　　　販売〇三-五二八一-三五五五
印刷所――大日本印刷株式会社

この文庫の詳しい内容はインターネットで24時間ご覧になれます。
小学館公式ホームページ　http://www.shogakukan.co.jp

ISBN978-4-09-406171-0

たくさんの人の心に届く「楽しい」小説を!

募集 小学館文庫小説賞

【応募規定】

〈募集対象〉 ストーリー性豊かなエンターテインメント作品。プロ・アマは問いません。ジャンルは不問、自作未発表の小説（日本語で書かれたもの）に限ります。

〈原稿枚数〉 A4サイズの用紙に40字×40行（縦組み）で印字し、75枚から100枚まで。

〈原稿規格〉 必ず原稿には表紙を付け、題名、住所、氏名(筆名)、年齢、性別、職業、略歴、電話番号、メールアドレス(有れば)を明記して、右肩を紐あるいはクリップで綴じ、ページをナンバリングしてください。また表紙の次ページに800字程度の「梗概」を付けてください。なお手書き原稿の作品に関しては選考対象外となります。

〈締め切り〉 毎年９月30日（当日消印有効）

〈原稿宛先〉 〒101-8001　東京都千代田区一ツ橋2-3-1　小学館　出版局「小学館文庫小説賞」係

〈選考方法〉 小学館「文芸」編集部および編集長が選考にあたります。

〈発　　表〉 翌年５月に小学館のホームページで発表します。
http://www.shogakukan.co.jp/
賞金は100万円(税込み)です。

〈出版権他〉 受賞作の出版権は小学館に帰属し、出版に際しては既定の印税が支払われます。また雑誌掲載権、Web上の掲載権および二次的利用権(映像化、コミック化、ゲーム化など)も小学館に帰属します。

〈注意事項〉 二重投稿は失格。応募原稿の返却はいたしません。選考に関する問い合わせには応じられません。

＊応募原稿にご記入いただいた個人情報は、「小学館文庫小説賞」の選考および結果のご連絡の目的のみで使用し、あらかじめ本人の同意なく第三者に開示することはありません。

第16回受賞作
「ヒトリコ」
額賀 澪

第15回受賞作
「ハガキ職人タカギ!」
風カオル

第10回受賞作
「神様のカルテ」
夏川草介

第１回受賞作
「感染」
仙川 環